Arthur Scherr-Thosz

Erinnerungen aus meinem Leben

Arthur Scherr-Thosz

Erinnerungen aus meinem Leben

ISBN/EAN: 9783743620599

Hergestellt in Europa, USA, Kanada, Australien, Japan

Cover: Foto ©Raphael Reischuk / pixelio.de

Manufactured and distributed by brebook publishing software (www.brebook.com)

Arthur Scherr-Thosz

Erinnerungen aus meinem Leben

Erinnerungen

aus meinem Leben.

Von

Arthur Graf Scherr Thosz.

Berlin.

Verlag von Gebrüder Paetel.

1881.

I.

Indem ich daran gehe einige Erinnerungen aus meinem Leben niederzuschreiben, leitet mich dabei einerseits die Absicht, meiner Familie einst ein wahrheitsgetreues Bild von Demjenigen zu hinterlassen, der ihr unwollentlich manchen Schrecken und Sorge bereitete, und andererseits der Gedanke, daß einige dieser Aufzeichnungen — ich meine jene, welche auf politische Vorgänge Bezug haben — auch weiteren Kreisen Interesse zu bieten vermögen, als kleine Beiträge zur Geschichte unserer Zeit.

Bei manchen Menschen gleicht der Gang durch's Leben einer Digestions=Promenade; ihr Leben fließt ruhig dahin, ohne Erschütterungen, ohne Sorgen noch Abwechselung. Mir ward das Glück eines solchen Schäferlebens nicht zu Theil. In meiner bescheidenen Lebenslaufbahn war Alles unregel=

Scherr Thoß, Erinnerungen. 1

mäßig, Vieles ungewöhnlich. Die Scenerie ver=
wandelte sich oft so plötzlich, wie auf den Brettern,
die die Welt bedeuten. Dem Anscheine nach be=
stimmt zum Erben eines bedeutenden Vermögens,
von Geburt aus ausgestattet mit einer friedlieben=
den, contemplativen, wenn auch der Energie nicht
ermangelnden Natur, erzogen in liberal=conservativen,
allen Extremen abholden Grundsätzen, und, ohne
andern Ehrgeiz als den, unter allen Umständen
correct und ehrenhaft zu handeln — gestaltete sich
mein Lebenslauf dennoch zu einer fortlaufenden
Kette von Kämpfen auf politischem, socialem und
materiellem Gebiete. Durch einen Irrthum der
Gerichte verlor ich das Erbe, politische Pflichttreue
trug mir ein Todesurtheil ein. Der sogenannte
„Zufall" spielte in meinen Erlebnissen eine große
Rolle. Ich nenne es Bestimmung, Verkettung der
Umstände. Le hazard est un mot dont l'ignorant
se sert, pour expliquer des faits où sa raison se
perd. Gehen wir zur Erzählung über.

Es war eines der größten Grundvermögen der
preußischen Monarchie, das mir zufolge der testa=
mentarischen Bestimmungen meines Großvaters

hätte zufallen sollen. Wie erwähnt, ging ich des=
selben durch einen error justitiae verlustig, indem
das Oberlandesgericht zu Brieg in Schlesien, dem
Testamente und den Gesetzen entgegen, meinem
Vater die (anfänglich versagte) freie Disposition
über die zuerst an ihn gekommenen Güter ein=
räumte. Mein guter Vater, dem Drucke der Zeit
nachgebend, und die an sich selbst erfahrenen
Vexationen von Vormundschaftsgerichten für seine
zwei Söhne fürchtend, verkaufte die eine Herrschaft
und ordnete testamentarisch an, daß die andere
binnen einem Jahre nach seinem Tode — ich war
17 Jahre alt, als er starb — ebenfalls verkauft
werden müsse. So kamen die beiden Herrschaften
um Spottpreise in den Besitz der Herzöge von
Ratibor und Ujest, deren werthvollsten Besitztheil
sie heute bilden.

In die preußische Armee getreten und Officier
geworden, litt es mich hier nicht lange. Der Ver=
druß über das entgangene Erbe, der „Zufall“ einer
zum Besuche von Bekannten unternommenen Reise,
die mich auch durch Pannoniens grüne Berge führte,
gaben bald meinem Lebenslaufe eine gänzlich ver=

änderte Richtung. Entzückt von der goldenen Sonne Ungarns, von der Schönheit seiner Frauen, von der kordialen Biederkeit der Männer und von der Gastfreundschaft, der man überall begegnet, beschloß ich ohne Zaudern das Land der Arpaden zu meiner künftigen Heimath zu machen. Noch nicht 20 Jahre alt, kaufte ich im Herbst 1839 einen Besitz im Zempliner Comitate, dem „Comitat der Andrássy's", und schied im nächsten Frühjahr aus der preu= ßischen Armee und dem preußischen Staatsver= bande aus.

Das gesellschaftliche Leben in Ungarn bot wirk= lich einen ganz eigenthümlichen Reiz durch die Zwanglosigkeit und Kordialität desselben. Die all= gemeine, wenn auch bescheidene Wohlhabenheit, ver= bunden mit Einfachheit der Sitten, gestatteten Jedermann weitgehende Gastfreundschaft zu üben. Man kann ohne Uebertreibung sagen: Jeder lebte einfach, froh und zufrieden. Darum sagte der Un= gar: Extra Hungariam non est vita, et si est vita, non est ita. Die feudale Ständeordnung stand zwar, wie auch in Oesterreich, noch aufrecht, doch die Sitte, die im Großen und Ganzen liberale

Auslegung der Gesetze milderte bedeutend die Schroff=
heiten des überkommenen Systems. Die liberale
Partei, der auch ich mich angeschlossen hatte, machte
unter Führung des großen Széchényi alle An=
strengungen, um die politischen, socialen und wirth=
schaftlichen Zustände Ungarns auf das Niveau euro=
päischer Civilisation und Cultur zu bringen. Schon
in der ersten Hälfte des fünften Decenniums wurde
das Vorrecht des Adels auf den Besitz adeliger
Güter und seine ausschließliche Befähigung zur
Bekleidung von Aemtern, ohne Restrictionen ab=
geschafft. Der Adel bot der Krone wiederholt an,
Steuern zahlen zu wollen, freilich mit der weisen
und natürlichen Bedingung, daß dies Steuererträg=
niß nicht in die Cassen von Oesterreich oder des
Hofes fließe, sondern dem ungarischen Vaterlande
zu Gute komme. Wahrlich! Würde Ungarn sich
schon damals jener constitutionellen Regierungs=
weise von Seiten der Dynastie zu erfreuen gehabt
haben, wie sie König Franz Josef heute loyal aus=
übt, dieses Land hätte zu den glücklichsten und
gesegnetsten der Welt gezählt. Die nöthigen Re=
formen würden rechtzeitig durchgeführt worden sein,

der politische Sturm von 1848 hätte Ungarn so
wenig berührt, wie das freie England.

Während der acht Jahre von 1840 bis 1848 ver=
lebte ich die Sommerzeiten auf dem Lande, mich mit
der Hebung der Land= und Forstwirthschaft meiner
Güter beschäftigend. Auf einer Fahrt von Debreczin
nach Nhiregyházá war ich Zeuge einer seltenen Natur=
erscheinung. Es war an einem schönen Sommerabend,
zur Zeit der untergehenden Sonne, als mein Vierer=
gespann über die weite Puszta ohne recht erkennbaren
Weg dahinjagte. Plötzlich höre ich in den Lüften über
mir ein Gesumme, das von Augenblick zu Augen=
blick stärker wird, so daß auch mein Husar und
der Kutscher die Augen nach oben richteten. Ehe
noch 20 oder 25 Secunden vergangen waren, hörten
wir einen dröhnenden Schlag, und sahen etwa 60
Meter neben uns eine starke Staubwolke aufwirbeln.
Ich stieg vom Wagen, mir den Ort wo der
Meteorstein niedergefallen war, anzusehen. Es
mußte ein sehr großer Stein gewesen sein, denn
das Loch das er geschlagen, hatte beiläufig drei
Fuß Tiefe, und von einem Rand zum andern wol
fünf Fuß Durchmesser. Wären Menschen in der

Verzeichniß

der

Miniatur-Ausgaben

aus dem Verlage

von

Gebrüder Paetel in Berlin

in eleganten

Original-Einbänden mit Goldschnitt

à 3 Mark,

welche sich vorzüglich zu

Fest- und Gelegenheits-Geschenken

eignen und durch alle

Buchhandlungen des In- und Auslandes,

sowie von der Verlagsbuchhandlung

Gebrüder Paetel in Berlin W.,

Lützowstraße 7,

direkt zu beziehen sind.

Die Irrlichter. Von Marie Petersen, Verfasserin der „Prinzessin Ilse". 38. Auflage.

Was sich der Wald erzählt. Ein Märchenstrauß von Gustav zu Putlitz. 43. Auflage.

Immensee. Von Theodor Storm. 25. Auflage.

Wellenträume. Von Villamaria.

Zwei Weihnachtsidyllen. Von Theodor Storm. 2. Auflage.

Die braune Erica. Novelle von Wilhelm Jensen. 3. Auflage.

Wann das Heimweh kommt. Drei Novellen von Hugo Gaedcke, Verfasser des „Bilderbuch eines armen Studenten". 3. Auflage.

„Eekenhof". — „Im Brauerhause". Zwei Novellen von Theodor Storm.

Späte Heimkehr. Novelle von Wilhelm Jensen. 2. Auflage.

Eva. Novelle von Marie Giese. 2. Auflage.

König René's Tochter. Lyrisches Drama von Henrik Herz. Aus dem Dänischen unter Mitwirkung des Verfassers von Fr. Bresemann. 9. Auflage.

Geschichten aus der Tonne. Von Theodor Storm. 2. Auflage.

Vergißmeinnicht. Eine Arabeske von Gustav zu Putlitz. 16. Auflage.

Prinzessin Ilse. Ein Märchen aus dem Harzgebirge von Marie Petersen. 22. Auflage.

Schweigen. Von Theodor Storm.

Im Schloß. Von Theodor Storm. 2. Auflage.

Verlag von Gebr

Westwardhome. Novelle von Wilhelm Jensen. 2. Auflage.

Byron's Manfred. Erklärt und übersetzt von L. Freytag.

Das Bilderbuch eines armen Studenten. 2. vermehrte Auflage.

Im Pfarrdorf. Novelle von Wilhelm Jensen. 3. Auflage.

Zwei Jubilarinnen. Von Friedrich Büder. Mit 2 Illustrationen von A. Schaal.

Carsten Curator. Von Theodor Storm.

Trimborn & Co. Eine Weihnachts- und Sylvester-Erzählung von Wilhelm Jensen.

Höher als die Kirche. Eine Erzählung aus alter Zeit von Wilhelmine von Hillern, geb. Birch. 2. Auflage.

Walpurgis. Von Gustav zu Putlitz. 5. Auflage.

Hinzelmeier. Eine nachdenkliche Geschichte von Theod. Storm. 2. Auflage.

In St. Jürgen. Von Th. Storm. 2. Auflage.

Im Sonnenschein. Drei Sommergeschichten von Theodor Storm. 7. Auflage.

Rohana. Ein Liebesleben in der Wildniß. Von Adolf Strodtmann. 2. Auflage.

Drei Novellen von Theodor Storm. 2. Auflage.

Ernste Stunden. Andachtsbuch für Frauen von einer Frau. 7. Auflage.

Zur „Wald- und Wasserfreude". Von Theodor Storm.

Aus Lübeck's alten Tagen. Novelle von Wilhelm Jensen. 2. Auflage.

Pactel in Berlin.

Ein grünes Blatt. Zwei Novellen von Theodor Storm. 4. Auflage.

Luana. Von Gustav zu Putliß. 3. Auflage.

Von Jenseits des Meeres. Novelle von Theodor Storm. 2. Auflage.

Renate. Von Theodor Storm.

In der Sommermondnacht. Novellen von Th. Storm. 4. Auflage.

Die Söhne des Senators Von Th. Storm.

Gedichte von Wilhelm Jensen. Neue Ausgabe.

Der Herr Etatsrath. Von Theodor Storm.

Magister Thimotheus. Novelle von W. Jensen. 2. Auflage.

Hans und Heinz Kirch. Von Theod. Storm.

~~~~~~~

Ferner in gleich eleganter Ausstattung zu beibemerkten Preisen:

Am Theetisch einer schönen Frau. Erinnerungen an den Kaiser Alexander I. von Elise Polko. 4 Mark.

Lieder und Gedichte von Julius Rodenberg. 5. Auflage. 6 Mark.

Aquis submersus. Novelle von Theodor Storm. Mit einem Titelbilde von Paul Meyerheim. 4 Mark.

Gedichte von Theodor Storm. 6. vermehrte Auflage. 5 Mark.

Zerstreute Kapitel. Von Theodor Storm. 2. Auflage. 4 Mark.

Buchdr. der „Volks-Zeitung", Akt.-Ges. in Berlin.

Nähe gewesen, so hätte ich versucht den Meteorstein
ausgraben zu lassen, doch darauf mußte ich leider
verzichten. Die Winter brachte ich meist in Pest,
Preßburg oder Wien zu, wo ich bald mit der ge=
sammten Gesellschaft bekannt war. Es fehlte mir
in dieser Zeitperiode nicht an Erlebnissen, geeignet
um starke Nerven auf die Probe zu stellen. Ich
will hier nur Eines derselben, als von allgemeinerem
Interesse, erzählen.

Im Februar 1846 war ich zum Abschluß eines
Pachtvertrages von Wien nach Hause gekommen;
von hier aus beabsichtigte ich den berühmten Pferde=
markt in Moscisko — zwischen Tarnow und Kra=
kau gelegen — zu besuchen. Auf dem kaiserlich
königlichen Grenzzollamt — damals bestand noch
die Zolllinie zwischen Ungarn und Oesterreich —
warnte man mich vor dem Uebertritt nach Gali=
zien, weil, sagte man, dort in den nächsten Tagen
eine Revolution ausbrechen werde. Ich nahm die
Mittheilung für einen schlechten Scherz; es schien
mir nicht denkbar, daß man in einem kleinen
Grenzzollamt sollte besser unterrichtet sein als in
den höchsten Kreisen Wiens. Ich hatte in Wien,

im Cavaliercafino ober in den Salons der Gesell=
schaft oft über Staatsangelegenheiten sprechen hören,
aber nie ein Wort über die Besorgniß vor Unruhen
in Galizien. Genug, ich trat die Reise an, ließ
meine eigenen Pferde in Dukla zurück, nahm dort
am 18. Februar Extrapost vor den Schlitten, und
kam am 19. Februar um 9 Uhr Morgens in dem
Städtchen Pilsno an. Die Landstraße führt über
den großen Hauptplatz; dort waren 500 bis 600
Bauern versammelt, sämmtlich mit Piken, Sensen,
Heugabeln oder Dreschflegeln bewaffnet. Mich der
Warnung des Grenzbeamten erinnernd, beschlich
mich ein unheimliches Gefühl. Doch — es war
zu spät! Ein Dutzend Bauern hielten meinen
Schlitten an. Ausgestiegen, fragte ich die Leute,
was sie wollten? Ich erhielt keine Antwort, nur
Flüche, gemischt mit drohenden Geberden. Es
mochte mein Glück sein, daß ich kein reines Pol=
nisch, sondern mehr ein ruthenisches Jdiom spreche.
Dieser Umstand machte wol die Bauern vermuthen,
daß ich kein Pole sei, und damit waren einige
Minuten Zeit gewonnen. Die Gemüther erhitzten
sich nichtsdestoweniger. „Schlagen wir den Hund

todt," erscholl es auf einmal von mehreren Seiten. Schon waren die Dreschflegel der Kerle gehoben, die Heugabeln gesenkt, als ein kräftiges „Halt!" von rückwärts ertönt, ein Mann mit starkem Arm die Menge theilt. Der Mann, statt des üblichen Pelzes mit einem alten Soldatenkittel angethan und einen Säbel in der Faust, der ebenso wie sein Rock von frischem Blute triefte, trat vor mich, nnd frug, zugleich mit dem Säbel salutirend: „Wer bist Du, Herr?" Von der Antwort auf diese Frage, von der augenblicklichen, ohne Besinnen abgegebenen Antwort, hing offenbar Tod und Leben ab. Doch, was sollte ich sagen? Ich wußte nicht gegen wen der Aufstand gerichtet war, ob für oder gegen die Regierung? gegen den Adel? oder sonst Wen? Auch führte ich, wie immer auf Reisen, einen Säbel — der schon in den Händen der Bauern war — und zwei Pistolen bei mir; mein Diener war, nach ungarischer Sitte, in Husarenuniform gekleidet. Sollte ich sagen, ich bin Ungar? Gutsbesitzer? Cavalier? jede dieser Antworten hätte mich der Volkswuth Preis gegeben. „Ich bin Officier," donnerte ich ihm entgegen.

„Wehe Euch, wenn Ihr Euch an mir vergreifet!"
„Sprichst Du wahr, Herr?" frug der Mann zurück.
„Du bist ein Dummkopf," ripostirte ich, „wenn
Du mir nicht ansiehst, daß ich Officier bin; ich, ich
erkenne in Dir sofort den alten Soldaten." „Und
wer ist jener andere Herr?" frug der Mann.
„Dummkopf," wiederholte ich, „siehest Du nicht,
daß das kein Herr ist, sondern mein Privat=
diener?" — „Der Herr passirt," commandirte der
Soldat, und ich kam unbehindert nach dem auf
demselben Marktplatz belegenen Wirthshaus. Hier
erfuhr ich, daß der Aufstand in der Nacht mit der
Ermordung des Bürgermeisters begonnen hatte,
daß die Bauern die Landschlösser in der Umgegend
anzünbeten, und daß sie behaupteten, auf Befehl
der Regierung so zu handeln, die ihnen den Besitz
der Abligen schenken würde. In der Hoffnung
meinen Säbel wieder zu bekommen, ging ich auf
den Marktplatz hinaus, wo ich Zeuge scheußlicher
Blutthaten wurde. Ein Graf Stadniczki, dann
ein Landedelmann dessen Name mir entfallen, und
ein harmloser Gutspächter, waren die Opfer. Tief
empört über die Dinge, die ich mit ansehen mußte

ohne helfen zu können, verlangte ich schleunig Post=
pferde nach Tarnow, die mir der ängstliche Post=
meister, der mehr um seine Pferde als um mich
besorgt war, nach einigem Zögern bewilligte.

In Pilsno hatte mich ein bischen Geistesgegen=
wart gerettet. Ich war der Schlla entgangen, um
in die Charybdis zu gerathen. Bei meiner An=
kunft in Tarnow ging ich sogleich zum Bezirks=
hauptmann, einem Herrn Breindl, ihm Mit=
theilung von den Vorfällen in Pilsno zu machen.
Er äußerte sein Bedauern darüber, erklärte aber
nicht helfen zu können.

Bekanntlich klagt die Zeitgeschichte den Staats=
kanzler Metternich an, die Jacquerie vom 19.
Februar 1846 arrangirt zu haben, um einem be=
absichtigt gewesenen polnischen Adelsaufstande zu=
vorzukommen, und dem galizischen Adel eine Lection
zu ertheilen, die geeignet wäre ihm für geraume
Zeit die Lust zu polnisch=patriotischen Bestrebungen
zu benehmen. Ob diese Anklage begründet ist, habe
ich nicht zu untersuchen. Immerhin war ich Augen=
und Ohrenzeuge von zwei Thatsachen, deren Be=
deutsamkeit Niemandem entgehen kann. Es ist

Factum, daß den kaiserlichen Beamten in Galizien
der Tag genau bekannt war, an welchem die „Re=
volution" ausbrechen sollte, ohne daß irgend welche
Vorkehrungen, ihr vorzubeugen, bemerkbar gewesen
wären. Es ist ferner Factum, daß, als ich mich
am 19. Februar Nachmittags auf der Bezirkshaupt=
mannschaft befand, die Bauern der Umgegend, die
dorthin die gefangenen oder todten Edelleute brachten,
vor meinen Augen Geld für die abgelieferten
Gefangenen und Todten gezahlt erhielten. Zur
Steuer der Wahrheit muß ich hinzufügen, daß den
Bauern eingeschärft wurde Niemanden zu tödten,
sondern sich mit der Gefangennehmung der Grund=
herren zu begnügen. Diese platonischen Exhorta=
tionen an ein verthiertes Volk, dessen schlimmste
Triebe, der Haß und die Habgier, bestialisch ent=
fesselt waren, blieben natürlich ohne Erfolg. In
den nächsten Tagen brachte man Gefangene, Ver=
wundete und Todte, ganze Wagen voll zur Stadt. —
Die Reise nach Moscisco mußte ich selbstverständ=
lich aufgeben. Feldmarschall=Lieutenant Legedics
hatte mir eine militärische Escorte zur Heimreise
versprochen; doch dauerte es fünf Tage, ehe ich die=

selbe erhalten konnte. Indessen wurde eine Art
Mißverständniß zur Ursache eines heftigen Auf=
trittes zwischen mir und dem Oberstlieutenant B.
von S.; ich forderte denselben, und sah mich schließ=
lich genöthigt, die Herausforderung auf das ganze
Officiercorps des Regiments Kaiser=Chevaurleger,
das sich mit ihm solidarisch erklärte, auszudehnen.
Da der Kriegszustand in Tarnow proclamirt war,
verweigerte der Oberst, Herr von Moltke, die Er=
laubniß zur sofortigen Austragung der Angelegen=
heit. Es wurde vereinbart, daß das Duell oder
vielmehr die Duelle, nach Aufhebung des Kriegs=
zustandes, von welcher man mich benachrichtigen
würde, an einem sodann zu wählenden Orte statt=
haben sollten. Massen=Duelle waren in jener Zeit
gewissermaßen Mode. Für den Einzelnen, der
Vielen gegenüberstand, konnte der Endausgang
nicht zweifelhaft sein. Die Chance für mich, mit
dem Leben davonzukommen — die Forderung lautete
auf Pistolen — war gleich Null. Es kam dennoch
anders. Eine Viertelstunde vor meiner Abreise,
als ich eben den Speisesaal des Hôtels des Cra=
covie verlassen wollte, gab mir zu meiner nicht

geringen Ueberraschung das dort versammelte Officiercorps des vorgenannten Reiterregiments, durch den
Mund des Oberstlieutenants B. von S. eine Erklärung ab, welche den Gang mit den Waffen gegen-
standslos machte. Ich muß hier einige Worte zur
Aufklärung dieses seltsamen Vorganges sagen, der
sonst unverständlich wäre. In der Stadt war das
Gerücht verbreitet gewesen, es wären 30,000 Bauern
im Anzug, um in Tarnow alle Edelleute — hier-
unter war überhaupt ein Jeder verstanden, der
einen Rock statt eines Bauernpelzes trug — und
alle Juden zu erschlagen. Militär war nicht genug
vorhanden, um einer solchen Uebermacht eventuell
zu widerstehen. Der brave Oberst Moltke, der
mich schon seit Jahren kannte, gab mir den Rath
eine Officiersmütze aufzusetzen, was mich vielleicht
vor der Wuth der Bauern schützen könne. Gesagt,
gethan. Mein Diener brachte mir vom Regiments-
schneider die Officierkappe. Dies hatte aber nicht
den Beifall der Herren Cavallerie-Officiere, die
übrigens nicht wußten, daß mir dieses Auskunftsmittel von ihrem Obersten angerathen worden war.
Meinerseits zu stolz, um mich hinter die Erlaubniß

des Obersten zu bergen, acceptirte ich die Verant=
wortung für meine Handlungsweise. Ich weiß es
nicht, aber ich vermuthe, daß der ehrenwerthe Oberst
Moltke seinen Offtcieren von dem wahren Hergang
Kenntniß gab, und sie hierdurch zu der spontanen
Abgabe der Erklärung veranlaßt hatte. Das Rechts=
gefühl der Officiere hatte über ein falsch aufgefaßtes
point d'honneur den Sieg davon getragen.

Im Februar des folgenschweren Jahres 1848
befand ich mich in Preßburg, wo der Reichstag
versammelt war. Die Wogen der parlamentarischen
Kämpfe gingen hoch, aber heiter vergnügte sich die
Gesellschaft mit Tanz und Spiel. Eines Abends
hatten wir uns, wie auch sonst öfter, zu einer
Partie Baccara im Magnaten=Casino zusammen=
gefunden: Graf Ludwig Batthyányi, Graf Karl
Leiningen — diesen hatte ich einige Jahre früher
im Duell verwundet, worauf wir sehr befreundet
wurden — ich, und noch einige Andere. Die Partie
dauerte bis gegen 6 Uhr Morgens, die letzte, die
wir zusammen gemacht haben. Am selben Tage
traf die Nachricht von der Pariser Revolution ein,
und machte Spiel und Tanz ein Ende.

Allgemeine Aufregung bemächtigte sich der Gemüther; es war als fühle ein Jeder das Nahen eines großen Sturmes, von dem Keiner ahnen konnte, welche Wirkungen er hervorbringen, welche Opfer er kosten würde. Noch einige Wochen — und die neue Zeit war auch für uns angebrochen!

In Ungarn war es der Adel, in Oesterreich das Bürgerthum, welche die Bewegung leiteten, machten. Das für Ungarn zunächst tiefgreifendste, materiell und politisch einschneidendste Gesetz, war das über die Aufhebung der Unterthanenschaft und sofortige Befreiung der Bauern von allen Frohnden und Giebigkeiten. Niemand in und außerhalb des Reichstags verhehlte sich die ungeheure Tragweite dieses Gesetzes, das den gesammten grund= besitzenden Adel in seiner materiellen Existenz schwer bedrohte. In der That! Welchen Werth konnte man dem grundherrlichen Bodenbesitz fortan bei= messen, in einem dünn bevölkerten Lande, in welchem Arbeitskräfte für Geld nicht zu finden waren, wo es überdies an Baarcapitalien fast gänzlich fehlte, und wo ein diesen Mangel ersetzendes Creditsystem zu den unbekannten Dingen gehörte? Dasselbe Gesetz ver=

sprach allerdings den bisherigen Grundherren eine
im Schätzungswege zu ermittelnde Geldentschädi-
gung von Staatswegen; doch wer vermochte im
Augenblick zu wissen, ob und wann die Zahlung
wirklich erfolgen würde? Wie lebhaft die Befürch-
tungen in dieser Beziehung waren, das bekundet
eine Scene, welche zwischen Graf Anton Szápáry
und dem Führer der liberalen Partei, Louis Batthyányi, statt hatte. „Wenn die Entschädigung uns
nicht bezahlt wird," sagt der Erstere zum Andern „so
erschieße ich Dich." „Das hast Du nicht nöthig," erwiderte Batthyányi, „denn dann thue ich es selbst."

Ich übergehe die bekannten politischen Vorgänge des März und April in Preßburg und Wien.
Anfang Mai kehrte ich nach Hause zurück, bis Tisza-
Dob mit Graf Aládár Andrássy, in der damals
landesüblichen Weise mit sogenannten Eilbauer-
pferden reisend. Zu Hause angekommen, berief ich
die Bauern meiner Dörfer, gab ihnen Kenntniß
von dem neuen, ihnen schon gerüchtweise bekannten
Gesetz, das binnen Kurzem publicirt werden würde,
und erklärte sie schon von diesem Tage an für frei,
ihnen dabei den Wunsch aussprechend, daß wir,

auch nachdem ich aufgehört habe ihr Herr zu sein,
gute Nachbarschaft halten wollten. Die Bauern
versprachen es, und hielten Wort auch darüber
hinaus; freiwillig und vollzählig kamen sie an
jedem Montag des ganzen Jahres 1848, trotz
meiner wiederholten Ablehnung, zur herrschaftlichen
Arbeit, ein Factum, von dem mir nur ein zweites
Beispiel im Lande bekannt ist.

Die Situation war dennoch eine sehr ernste.
Meine Landwirthschaft war an vier Pächter ver=
pachtet, denen ich den Roboth und den Zehnten der
Bauern nicht mehr geben, mithin die Pachtverträge
nicht einhalten konnte. Ein panischer Schrecken hatte
die Pächter ergriffen; sie bestanden auf unmittelbarer
Auflösung der Pacht und Rückzahlung der Cautionen.
Ich mußte ihnen willfahren; als Aequivalent für die
Cautionen behielten sie den Viehstand und den Kupfer=
werth der beiden Dampfbrennereien. Welch bizarrer
„Zufall“! oder vielmehr, welche fatale Verkettung
von Umständen! Bei einem Volksauflauf in Paris
fällt „zufällig“ ein Schuß, kostet Louis Philipp den
Thron und entfesselt einen Sturm über Europa, dessen
Wirkungen bis in die Berge der Karpathen reichen

und — von allem Anderen abgesehen — mich nicht
nur um die Früchte achtjähriger Arbeit bringen,
sondern mir überhaupt den Boden für die materielle
Existenz durch längere Jahre entziehen! Das nun=
mehrige Erträgniß meiner Güter reichte während der
nächsten Jahre kaum hin, um die Steuern zu decken.

Im Sommer und Herbst des Jahres 1848
functionirten im Lande verschiedene Commissionen:
für die Steuerausschreibung, für die Recrutirung
und für die Sammlung von Gold und Silber zur
Gründung einer ungarischen Nationalbank. Mir
ward von Seiten des Comitates die Auszeichnung
zu Theil, allen dreien dieser in meinem District
functionirenden Commissionen zu präsidiren. Der
zuletzt genannten Commission opferte ich fast alles
mein von Eltern und Großeltern überkommenes
Silberzeug, was nicht wenig war; eine Generosität,
die ich, offen gestanden, später bereuete, da das
Opfer seinen Zweck verfehlte. Bekanntlich übergab
der gewesene Finanzminister Duscheck, den für Un=
garn gesammelten Fond der österreichischen Regie=
rung, die ihn als gute Beute behielt.

Der Herbst brachte die Invasion von Jellaçiç,

2*

deſſen In-Acht-Erklärung durch König Ferdinand,
die Errichtung der erſten zehn Honvedbataillone,
den Aufruf des Palatins Erzherzogs Stephan zum
Eintritt aller Patrioten in die in Bildung begriffenen Honvedtruppen u. ſ. w. u. ſ. w. Der
allgemeine Rauſch patriotiſcher Begeiſterung, den
der Aufruf des Erzherzogs Palatin in allen Herzen,
in denen Raum war für edle, für ideale Regungen,
entzündet hatte, blieb auch auf mich nicht ohne
Wirkung. Dazu kam die Erwägung, daß es meiner
Ueberzeugung gemäß die Pflicht jedes Ehren-
mannes iſt an der Vertheidigung der Heimath
Theil zu nehmen, gleichviel ob dieſe zugleich das
Geburtsland ſei oder nicht. Ich ſtellte mich ſomit
dem Kriegsminiſter zur Verfügung und trat in die
ungariſche Armee „für König und Vaterland“.
Leider ſollten dieſe beiden Begriffe bald ſich nicht
mehr decken, doch, nicht durch unſere Schuld!
Dieſe Thatſache iſt ſeither officiell anerkannt, ich
kann mich daher der Ausführung enthalten.

Ich wurde zum Hauptmann ernannt und mit
der Errichtung eines Jägerbataillons in Miskólcz beauftragt. Nach 14 Tagen hatte ich über 400 Mann

beiſammen, die ein leibliches Material für eine
Jägertruppe abgeben konnten. Es fehlte jedoch an
brauchbaren Gewehren. Nach einigen, vergeblich
an das Kriegsministerium gerichteten Reclamationen,
fuhr ich nach Peſt, ſtellte Koſſuth die Sachlage vor.
„Wie wollen Sie helfen, da wir keine anderen Ge=
wehre haben,“ frug er mich. Ich erwiderte, daß
ich nur eine Vollmacht verlange, um dem Staats=
und Privat=Forſtperſonal die Kugelſtutzen, natür=
lich gegen volle Entſchädigung, abzunehmen. „Das
geht nicht, das wäre eine revolutionäre Maßregel,“
antwortete Koſſuth zu meiner Ueberraſchung, und
beharrte bei ſeiner Weigerung. Seine Antwort
zeigt, wie ängſtlich ſelbſt Koſſuth damals noch Alles
vermied, was den Anſchein einer Ungeſetzlichkeit
haben konnte. Auf mein Anſuchen wurde ich nun
der bisherigen Aufgabe entbunden, und unter gleich=
zeitiger Verſetzung in das Mátias=Huſarenregiment
zum Stabe des Generals Bem commandirt.

Das Hauptquartier Bem's befand ſich damals,
November 1848, in Zila=Sómlyo. Bei meinem
Eintreffen daſelbſt war Bem in Begleitung von
Alábár Andráſſy zur Truppeninſpicirung verreiſt.

Zu meiner Freude traf ich im Hauptquartier mehrere
Freunde, so den Obersten meines Regiments, Grafen
Koloman Mikes, den Grafen Gabriel Béthlen,
Baron Albert Bánffy u. a. m. Einige Tage dar=
auf bestanden wir unser erstes Gefecht, in der Nähe
von Zsibó, gegen eine kleine Abtheilung öster=
reichischer Infanterie und Caballerie und 8000
Wallachen. Gleich nachher erhielten wir Befehl
gegen Klausenburg abzurücken. Es folgte nun
jener merkwürdige Feldzug, in welchem Bem mit
nur 6000 Mann junger Honveds die 17,000 Mann
prächtiger österreichischer Truppen des Generals
Wardener auf türkisches Gebiet hinausdrängte. In
Klausenburg verließ ich die Armee von Bem. Die
Ursache hiervon war ein gewisser Kornis, ein wegen
Diebstahls weggejagter Stuhlrichter, den Bem aus
Dankbarkeit für ihm in Pest, bei Gelegenheit des
Attentats, das ein Pole auf Bem versucht hatte,
geleistete Dienste, zum Officier ernannt und als
Küchen=Officier in seinen Stab aufgenommen hatte.
Da ich die Zudringlichkeiten dieses „Cameraden“
nicht vertragen konnte, reichte ich Bem meine Ent=
lassung aus seinem Stabe ein, um mich dem Ge=

neral Görgey zur Verfügung zu stellen, von dem be=
kannt war, daß er keine Toleranz in Ehrensachen übe.

Die weite Reise von Klausenburg, über den
Királyhágo, im Monat Januar bei tiefem Schnee,
und durch die Ortschaften der uns übelgesinnten
Wallachen, war unbequem und gefährlich. Ich
kam glücklich nach Miskólcz, wo sich General
Mészaros befand. Durch das lange Fahren über
die blinkenden Schneefelder des Alföld hatte ich
mir eine heftige, sehr schmerzhafte Augenentzündung
zugezogen, die mich auf das Krankenlager warf.
Mészaros war so freundlich mich zu besuchen. Als
er meinen Zustand sah, bestand er darauf, daß ich
mich nach Hause transportiren lasse, um dort unter
der Pflege der Meinen meine Wiederherstellung zu
finden. Er sagte mir, daß das Schlick'sche Corps
von Kaschau her im Anzuge sei, daß man nicht
wissen könne, wann und wo es zur Schlacht kommen
werde; wolle ich nicht riskiren gefangen zu werden,
so solle ich mich ohne Zögern nach Hause schaffen
lassen. Dieser Grund entschied; auf einem Bauern=
schlitten wurde ein Lager bereitet und ich trat die
schmerzvolle Heimreise an. Nach sechs Wochen

glaubte ich mich hergestellt und wollte zur Armee
zurückkehren. Unterwegs traf mich ein durch kalten
Sturm und Regen verursachter Rückfall; ich mußte
von Terebes aus umkehren. Mein Leiden war
diesmal so schlimm, so hartnäckig, daß ich fürchtete
zu erblinden. Endlich, gegen Ende Mai, war ich
gänzlich hergestellt. Durch Untreue oder Ungeschick=
lichkeit meines Reitknechtes hatte ich in Sieben=
bürgen meine Campagnepferde und Bagage ver=
loren. Ich ging nach Pest, um mich dort zu
remontiren, was einen mehrwöchentlichen Aufenthalt
erforderte.

Ein Zwischenfall aus dieser Zeit sei hier er=
zählt, der ein Streiflicht auf die damaligen Zu=
stände in Pest wirft. Preßfreiheit ist ein unschätz=
bares Corollar freier politischer Institutionen, das
steht außer Frage. Aber diese Freiheit kann, be=
sonders in unruhigen, kritischen Zeiten, auch zu
einer gemeingefährlichen Waffe werden, wenn nicht
die Einsicht, der Patriotismus der Preßorgane
selbst, den schädigenden Einfluß abwenden; wenn
die Presse, statt zur Einigkeit und Opferwilligkeit
anzueifern, Uneinigkeit stiftet, den egoistischen Zwecken

Ehrgeiziger Vorschub leistet. Dies war damals der Fall mit der Pester Presse, wie wir gleich sehen werden. Ich dinirte eines Tages mit General Kiß, dem Landescommandirenden von Ungarn, im Casino, als Paul von Almásy, der damalige Präsident des Unterhauses, sich mit ein paar Zeitungsblättern in der Hand an unseren Tisch setzte. Nach einigen sarkastischen Bemerkungen — worin er bekanntlich Meister ist — über die Aussichten die wir hätten, möchten wir siegen oder besiegt werden, las er uns zwei Artikel vor, den einen aus dem Szémérschen Blatte „Respublica“, den andern aus der „Allgemeinen Zeitung für Ungarn“. In dem ersteren war ausgeführt, daß der Reichstag aufgelöst, eine constituirende Nationalversammlung einberufen, und die Republik proclamirt werden müsse. In dem anderen Blatte wurden allen Kaufleuten, die es wagen würden noch länger auf ihren Aushänge-schildern die Krone über dem ungarischen Wappen zu belassen, gedroht, sie durch Namensnennung der Lynchjustiz zu überliefern. Das schrieb man zu einer Zeit, wo die Russen schon in Kaschau und vor Komorn standen! General Kiß, ein alter

biederer Soldat, sprach darüber seine Entrüstung
aus. Auf meine an Almásy gerichtete Frage,
warum er, der einflußreiche Mann, nicht gegen
solche Auswüchse der Preßfreiheit remonstrire, ant=
wortete er: „O, ich werde mich hüten! Antworte
Du doch, wenn Du Luft dazu verspürest." Mehr
im Scherz als im Ernst, entgegnete ich: „Warum
nicht? wenn Du mir Tinte und Papier herbringen
willst, schreibe ich wol eine Antwort." Almásy
nahm mich beim Wort, brachte aus dem am an=
dern Ende der Casinoräume gelegenen Schreib=
zimmer die Schreibrequisiten. Eine kurze, derbe,
aber nicht beleidigende Antwort war bald verfaßt.
Es war darin gesagt, daß die Armee für Freiheit
und Recht kämpfe, aber nicht für Utopien, oder den
Ehrgeiz Einzelner, daß jene Bürger, die man durch
Androhung von Lynchjustiz in ihrer Freiheit be=
schränke, nöthigenfalls bei den Heerführern den
Schutz finden würden, den ihnen die Regierung zu
versagen scheine. Die Königskrone über dem Landes=
wappen finde sich auch auf allen Officierportépées,
was unsere Armee noch nicht behindert habe ihre
Schuldigkeit zu thun. Diese Erklärung, „Ein Sol-

dat der Armee" unterzeichnet, erschien am andern
Morgen im „Pester Journal" und machte viel Auf=
sehen, besonders in den Bürgerkreisen, aus welchen
mir mehrfache Zustimmungserklärungen zugingen.
Von allen Zeitungen unternahm es nur Eine dar=
auf zu antworten: die „Allgemeine". Ihr Re=
dacteur, ein übel beläumundetes Individuum Namens
Zerffy, war gleichzeitig Honvédhauptmann und Ad=
jutant des Stadtcommandanten General Schweidel.
Zerffy war nie Soldat gewesen, ehe er, durch
gewisse Einflüsse, dem General Schweidel zum Ad=
jutanten aufoctrohirt ward. Seine Aufgaben waren,
wie man wissen wollte, mehr die eines Detectifs,
als militärischer Natur. In der Erwiderung, welche
die „Allgemeine Zeitung" brachte, war die Armee
als ein Hort der Reaction, der „Soldat der Armee"
als ein Schulbub bezeichnet. Ich begab mich sofort
in Begleitung zweier, der Heilung ihrer Wunden
wegen in Pest befindlicher Cameraden, der Capitäne
Inkéy und Dessewffy, auf das Redactionsbüreau.
Zerffy war nicht anwesend. Nach einigem Zögern
entpuppte sich sein Stellvertreter in der Redaction,
Namens Zanetti, als Verfasser der Erwiderung.

Ich verlangte Genugthuung für den „Schulbuben".
Erst angenommen, dann verweigert, hatte ich nun
eine kurze Unterredung mit ihm, die vielleicht kein
Exceß von Höflichkeit war. Zwei Stunden später
kam der „Herr Hauptmann und Adjutant" Zerffy,
mit Czako und Schärpe angethan, in Begleitung
Zanetti's mich in meiner Wohnung im Forrayschen
Hause aufzusuchen, und erklärte mit großem Pathos
mich, wegen Beleidigung eines „freien Bürgers in
seiner freien Wohnung", für verhaftet. Eine bur-
leske Scene folgte nun; sie endigte damit, daß die
beiden Helden die Treppe viel schneller hinunter
kamen, als sie beim Heraufgehen gedacht haben
mochten. Ich sah aus meinem Fenster, daß Zanetti
als Wachtposten vor dem Hausthor stehen blieb,
während Zerffy sich eiligen Schrittes entfernte,
offenbar um eine Patrouille zu holen. Um öffent-
liches Aufsehen zu vermeiden, begab ich mich nach
dem Platzcommando, von Zanetti in respektvoller
Entfernung gefolgt. Kaum dort angekommen, trat
mir ein Officier entgegen, mir mit dem Ausdruck
seines Bedauerns erklärend, daß er beauftragt sei,
mich zu verhaften. Er bestieg mit mir einen Wagen

und führte mich nach dem bekannten Neugebäude, in welchem später auch Batthyányi gefangen saß und den Martyrertod erlitt. So war ich denn ein Gefangener im eigenen Lande! in dem Lande, für das ich Leben, Gesundheit und Vermögen zum Opfer einsetzte! Die Situation kam mir ebenso komisch vor, wie sie unbehaglich war. Der Profoß übernahm mich, steckte mich in ein großes Zimmer, in welchem zwei Honvédofficiere „wegen Preß= vergehen" bereits seit Monaten gefangen saßen. Als sie mein Verbrechen erfuhren, hielten sie mich für verloren; ich hatte es gewagt, die Regierung öffentlich zu tadeln, hatte mich an Zanetti und Zerffy vergriffen — solche Tollkühnheit würde ich mit langem Kerker büßen. Ich nahm die Sache nicht so tragisch. Den Profoßen machte ich durch den Zauber einer Zehnguldennote sehr zuvor= kommend. Erst ließ ich ein reichliches Diner mit Champagner aus dem Casino holen, um die beiden Unglücksgenossen zu bewirthen; dann schrieb ich eine Zeile an meinen vortrefflichen Freund, den Grafen Kálmán Schmidegg, ihm von meiner Mésavanture Kenntniß zu geben. Schmidegg war als Mensch,

als Soldat und Patriot, gleich ausgezeichnet; beim
Ausbruch der Feindseligkeiten errichtete er auf seine
Kosten ein Bataillon Infanterie, während er selbst
in ein Husarenregiment eintrat. An elf schweren
Wunden leidend, konnte er nicht ohne Krücken aus-
gehen. Es mochten zwei Stunden vergangen sein,
meine Tischgenossen hatten mir eben ihre Leidens-
geschichte erzählt, da trat der Profoß ein mit der
Nachricht, daß Se. Excellenz der Landescomman-
dirende draußen stehe und mich zu sich befehle.
Ich eilte hinaus, machte meine Meldung. General
Kiß entließ mich der Gefangenschaft, indem er sagte:
„Ein Unbefugter hat Sie verhaftet, melden Sie sich
bei General Schweidel als von mir des Arrestes
entlassen, und kommen Sie Morgen früh 10 Uhr
auf das Landescommando, wohin ich auch den
Hauptmann Zerffy beordern werde." Zugleich ließ
er mir durch den ihn begleitenden Schmidegg meinen
Säbel überreichen. Des Abends gab Almásy zur
Feier des Tages ein großes Diner, das bis in die
tiefe Nacht dauerte.

Am nächsten Morgen verhörte General Kiß
mich und Zerffy, in Gegenwart des Obersten Meßz-

lényi, eines Schwagers von Kossuth. Meszlényi,
der ebenfalls ein Portépée mit der „Krone" trug,
war nicht weniger entrüstet wie Kiss über die
freche Drohung des Zerffyschen Blattes. Zerffy
erhielt wegen meiner Verhaftung einen strengen
Verweis — das war Alles. Beauftragt von zwei-
undvierzig in Pest anwesenden Stabs- und Ober-
officieren, gab ich nun die Erklärung ab, daß wir
mit einem Individuum wie Zerffy nicht dienen
wollen. Der General erwiderte hierauf, daß wir
die geeigneten Mittel, um Zerffy's Quittirung her-
beizuführen, selbst finden könnten. Diese Andeutung war hinreichend. Am nächsten Tage wurde
unter Vorsitz des Husaren-Oberstlieutenants Forró
ein Ehrenrath abgehalten, welcher entschied, daß
Zerffy sich mit mir schlagen oder seinen Abschied
einreichen müsse. Zerffy wählte das Letztere. Zwei
Wochen später, wo es in Pest schon unsicher war,
kam er gleichwol in Hauptmannsuniform nach
Komorn. Görgey ließ ihn sofort vor ein Kriegsgericht stellen und wegen Feigheit infam cassiren.

In Rücksicht auf die freundlichen Beziehungen
zwischen mir und dem Grafen Karl Leiningen, dem

nunmehrigen Commandanten des 3. Corps, vor
Komorn, hatte ich mir vom Kriegsministerium die
Eintheilung zu seinem Stabe erbeten. Ich wußte,
daß Leiningen mit Görgey sehr befreundet war, so
daß ich voraussichtlich viel Gelegenheit haben würde
den berühmten Obergeneral der Westarmee zu sehen,
ein Wunsch, der sich vollauf erfüllte. In den
letzten Tagen des Juni in Komorn angekommen
und von Leiningen in freundschaftlichster Weise
empfangen, kam ich gerade zur rechten Zeit, um
die Schlachten vom 2. und 11. Juli mitzumachen.

In der Nacht vom 1. auf den 2. Juli hatte
Görgey Berichte erhalten, die auf einen unmittelbar
bevorstehenden Angriff des Feindes schließen ließen.
Gegen 5 Uhr Morgens, am 2. Juli, ritten Görgey
und Leiningen hinaus zu den um die Vorwerke
Komorns lagernden Truppen. Von den Außen-
werken ist das bedeutendste und höchstgelegendste die
sogenannte Sternschanze, von der aus man an einem
schönen sonnenhellen Tage, wie dieser war, einen
weiten Ausblick hat. Nach der linken Seite zu,
auf etwa 1000 Schritt Entfernung, liegt das
Dorf O-Szöny, gerade gegenüber, aber weiter ent-

fernt, die Ortschaft Nagy-Igmánd, und nach rechts
zu, etwa drei Viertelmeilen weit, Acs, das damalige
Hauptquartier Haynau's. In der Sternschanze,
wohin später auch Klapka und Görgey kamen,
stieg Leiningen vom Pferde und brachte dort den
größten Theil des Tages zu. Gegen 8 Uhr Morgens eröffneten die Oesterreicher ihr Feuer aus
schweren Geschützen auf die Sternschanze. Viele
Geschosse gingen hoch über unsere Köpfe hinweg,
aber manche auch schlugen dicht hinter uns in die
rückwärts in Bereitschaft stehenden Bataillone, grau-
same Verwüstungen darin anrichtend. Es ist nicht
meine Aufgabe, den Gang der Schlacht zu schildern,
der in Klapka's Memoiren ausführlich beschrieben ist;
ich beschränke mich auf die Erzählung einiger Epi-
soden, die mir lebhaft in der Erinnerung sind.
Beiläufig in den ersten Nachmittagsstunden gab mir
Görgey den Befehl, nach Ó-Szöny zu reiten, und
mich zu vergewissern, ob dasselbe noch vom Feinde
besetzt sei. Nach den ihm durch Spione zugekom-
menen Nachrichten sollte sich Benedek und auch der
Kaiser selbst in Ó-Szöny befinden. Ich galoppirte
los, unweit der Redoute vorbei, die der brave

Oberft Czillich befetzt hielt, und befand mich nun
in der offenen Ebene, in welcher die genannte Ort=
schaft liegt. Ungefähr in der Mitte dieses Raumes,
d. h. etwa 300 oder 400 Schritte vor dem Dorfe,
fließt ein Bach, der an einer Stelle überbrückt
war. Dort saßen auf dem Geländer drei Bauern,
Einwohner von O=Szöny, gemüthlich ihre Pfeifen
rauchend, ohne sich im Geringften durch die über
ihre Köpfe hinfliegenden Kanonenkugeln stören zu
laffen. Sie wollten sich die Schlacht von hier aus
mit ansehen, sagten sie. Die Bauern beftätigten,
daß das Dorf stark befetzt sei und viele Generale
darin wären. Ich näherte mich dem Dorfe bis
auf 150 Schritte, dann deffen Front entlang reitend.
Hinter allen Gartenzäunen blinkten Gewehre, der
nach der Kirche hin führende Weg war vielfach
verbarricadirt. Kein Schuß wurde auf mich ab=
gegeben. Mit der Meldung deffen, was ich gesehen,
zurückgekehrt, trug mir Görgey auf, dem Oberften
Czillich den Befehl zu bringen, daß er mit drei
Bataillonen des Regiments Preußen=Infanterie
(oberungarische Slovaken) sogleich O=Szöny stürmen
solle. Ich überbrachte den Befehl, und Oberft

Czillich schritt zur sofortigen Ausführung. Es war ein heißer Kampf. Czillich führte seine Bataillone im Sturmschritt bis an die Lisière des Dorfes vor, doch die Verluste, die sie erlitten, waren so bedeutend, daß die Truppe zu weichen begann. Einige hundert Schritte vor dem Dorfe standen zwei Scheunen, hinter welchen Czillich seine Leute raillirte. Ich ritt zurück, um Görgey das Mißlingen des Angriffs zu melden; er hatte es schon von der Sternschanze aus beobachtet. „Reite sofort zurück, führe zwei Bataillone Alexander-Infanterie dem Czillich zu, und sage ihm, daß das Dorf auf jeden Fall genommen werden müsse. Du bringst mir erst Meldung, wenn der Feind hinausgeworfen ist." So lautete der neue Befehl; es geschah wie befohlen. In Plänklerlinien aufgelöst, stürzten sich zuerst die zwei frischen Bataillone auf den Feind, ihnen folgten ebenso, in kurzem Abstand, zwei Bataillone Preußen-Infanterie, das dritte Bataillon folgte als Reserve. Nach einer halben Stunde harten Kampfes war das Dorf genommen; der Feind in vollem Rückzug. Nur bei der Kirche setzte eine Abtheilung noch kurze Zeit

3*

einen verzweifelten Widerstand fort. Die Truppe,
die uns gegenüberstand, war, wenn ich nicht irre,
das Regiment Deutschmeister, Wiener Kinder, eines
der besten österreichischen Regimenter. Dessen Mann=
schaft schien in eigenthümlicher Weise fanatisirt zu
sein; wenigstens läßt dies der nachstehende Vorfall
schließen. Hinter der einen Barricade vertheidigte
sich ein Mann, laut deutsche Flüche ausstoßend,
gegen Viere der Unseren mit wahrem Löwenmuthe.
Endlich überwältigt, fragte man ihn, warum er
sich nicht habe ergeben wollen? „Weil die Ungarn
alle Gefangenen zwingen, lutherisch zu werden,"
war seine Antwort. Als die Ortschaft vom Feinde
gesäubert war, sprengte ich zurück, fand aber Ge=
neral Görgey nicht mehr in der Sternschanze.
Leiningen hieß mich dort bleiben und Görgey's
Rückkehr abwarten. Dieser war nach dem rechten
Flügel geritten, um dort die große Cavallerie=
attaque anzuordnen, die gleich darauf stattfand.
Es war ein prächtiger Anblick, als 5000 Husaren
in gestrecktem Galopp die Ebene vor Nagy=Igmánd
rein fegten. Eine Stunde später kam uns eine
böse Nachricht: Görgey, der verehrte Führer, der

ritterliche Soldat, war schwer verwundet. Der
Säbelhieb eines feindlichen Cavalleristen hatte ihm
den Schädelknochen auf sechs Zoll lang gespalten,
so daß das Gehirn bloß lag. Nur Görgey's eiserne
Natur war im Stande, einem so furchtbaren Hiebe
zu widerstehen! Er ließ sich nasse Tücher auf den
Kopf legen und blieb bis Abend auf dem Schlacht=
felde, bis von allen Seiten die Meldung kam, daß
der feindliche Angriff überall abgeschlagen war.

Ueber die Verwundung Görgey's wurden später
die abenteuerlichsten Gerüchte laut, die nach be=
endigtem Kriege auch in einigen obscuren Bro=
schüren Verbreitung fanden. Der wahre Sach=
verhalt ist folgender: Görgey, ein ausgezeichneter
Reiter und im Besitz von lauter vorzüglichen Blut=
pferden (deren er an Schlachttagen mehrere halali
ritt) pflegte oft über die Plänkler= oder Vorposten=
ketten hinauszureiten, um persönlich den Feind zu
recognosciren. Sein Adjutant, Baron Kempelen,
sowie die übrigen Officiere seines Stabes, die Bat=
thyányi, Stahremberg, Senney, Duka u. s. w.,
waren wol gut beritten, doch mit den Riesen=
leistungen des Generals vermochte es Keiner auf=

zunehmen. So kam es, daß Görgey sich öfter ohne jede Begleitung befand. Auch am Nachmittage des 2. Juli sprengte Görgey in einem gewissen Moment ganz allein bis auf eine ganz kurze Distance gegen die feindliche Cavallerie vor. Den Augenblick für eine Erneuerung der Attaque günstig haltend — eben zuvor waren nämlich einige Schwadronen des Husarenregimentes Prinz Wilhelm von Preußen durch österreichische Ulanen geworfen worden — hielt der General sein Pferd an und winkte mit seinem großen, mit einer langen weißen Straußen=feder geschmückten Hute den weit rückwärts halten=den Husaren zu, zum Angriff vorzugehen. In diesem Augenblicke erhielt Görgey durch einen aus den feindlichen Reihen vorgesprengten Cavalleristen jenen Kopfhieb.

Acht Tage vergleichsweiser Ruhe folgten nun. Gegen die Schwadronen von Wilhelm=Husaren, die sich in zwei Attaquen hatten werfen lassen, wurde eine kriegsrechtliche Untersuchung angeordnet. Zwei Unterofficiere, welche überwiesen waren, zuerst die Flucht ergriffen zu haben, wurden zum Tode ver=urtheilt. Die Execution fand am folgenden Tage

unter Umständen statt, welche charakteristisch sind.
Der Obergeneral und einige Corpscommandanten
waren gegenwärtig, das Quarré war formirt, das
Urtheil wurde verlesen. Ich hielt dicht hinter Leiningen und Görgey, konnte jedes Wort verstehen,
was sie sprachen. „Ich erhielt vorhin die Nachricht", sagte General Görgey, „daß Franz Joseph
heute wieder in Ó-Szöny ist." (Dieses war von
unseren Truppen freiwillig geräumt worden.) „Was
meinst Du, Karl, wenn er auf einmal zwischen
uns hineinsprengte, die Truppen mit dem Ver-
sprechen haranguirte, die Verfassung zurückgeben
und mit seinen braven Ungarn in Frieden leben
zu wollen, was meinst Du, wären wir Generäle
nicht sofort seine Gefangenen?" „Wol möglich,"
erwiderte der finster vor sich hinblickende Leiningen.
Dieses Gespräch ist mir lebhaft im Gedächtniß geblieben, nicht wegen der eventuellen Ausführung
eines solchen Theatercoups, an dessen Möglichkeit
Görgey selbst gewiß nicht glaubte, aber als S y m p -
t o m dafür, als wie wenig antidynastisch die Gefühle
des Heeres und, ich glaube hinzufügen zu können,
auch der ungeheuren Mehrheit der Nation angesehen

wurden. Ja, gewiß! Der Friede zwischen Krone
und Nation konnte auch jetzt noch auf Grundlage
der Wiederherstellung der Verfassung geschlossen
werden, so wie dies in den vorhergehenden Jahr=
hunderten in den Friedensschlüssen von Wien, Linz,
Száthmár u. s. w. sechs mal geschehen war. Wie an=
ders hätten sich die Geschicke der Monarchie gestaltet,
wenn Ungarn schon damals dem Monarchen zu
jener festen Stütze geworden wäre, die es ihm
heute ist! Ein unerbittliches Schicksal hatte aber
damals Männer zu Rathgebern des Thrones be=
stellt, die weder aus der Geschichte gelernt hatten,
noch die neue Zeit und die Völker verstanden. —
Als die Vorlesung des Urtheils beendigt war, baten
beide Delinquenten — der eine ein Stockmagyar,
der andere ein Deutsch=Ungar — einige Worte
sprechen zu dürfen. Sich an ihre Cameraden wen=
dend, bekannten sie beide, jeder in seiner Sprache,
feig gewesen zu sein, den Tod verdient zu haben.
Mit dem Rufe „Es lebe das Vaterland!" warfen
sie ihre Mützen in die Luft; ein Moment noch, und
das Urtheil war vollzogen.

Das Morituri te salutant, das auch der dem
deutschen Stamme entsprossene Unterofficier seinem
ungarischen Vaterlande zurief, war kein vereinzelt
stehendes Beispiel von Patriotismus der deutsch
redenden Ungarn. Vom Magnaten bis zum letzten
Bauern herab, bethätigten alle Ungarn deutscher
Abstammung patriotische Opferwilligkeit. In Paren=
dorf, einer großen Ortschaft an der österreichischen
Grenze, verweigerten die verlobten deutsch=ungarischen
Bauerntöchter sich trauen zu lassen, ehe nicht die
Männer ihre Schuldigkeit gegen das Vaterland ge=
than hätten. Die einzige Ausnahme bildeten die
Siebenbürger Sachsen, die von Alters her stets
feindlich gegen die ungarische Nation, und willige
Diener des österreichischen Hofes waren. Sie allein
sind es auch heute noch, die in verschiedenen öster=
reichischen · und deutschen Zeitungen ihren Welt=
schmerz darüber ablagern, daß Ungarn nicht länger
so unklug ist, sie einen Staat im Staate bilden zu
lassen. Wenn die ungarische Regierung sich bemüht,
ungarische Gesinnung und die Staats=
sprache in der obersten Verwaltung der sächsischen
Stühle einzubürgern, so übt sie damit nur eine selbst=

verständliche natürliche Pflicht, so wie Deutschland
sie in Posen und Elsaß=Lothringen übt.

Im großen Kriegsrathe ward beschlossen, einen
Versuch zum Durchbruch der feindlichen Linien
zu machen. Görgey, noch schwer leidend, übergab
zeitweilig das Obercommando an General Klapka.
Am frühen Morgen des 11. Juli begann das
Vorrücken unserer Truppen, deren Centrum das
Leiningen'sche Corps bildete. Der Vormarsch ge=
schah in der Richtung auf Nagy=Igmánd. Dort
demaskirte der Feind plötzlich seine Batterien, die
uns aus nächster Nähe mit einem mörderischen
Feuer überschütteten. Immer wieder raillirte Lei=
ningen seine Truppen, doch immer wieder mußten
sie der verheerenden Feuerwirkung weichen. Endlich
wurde das Signal zum Rückzug gegeben. Nach
jenem kritischen Momente, der 5000 Mann gekostet
hatte, schickte mich Leiningen zu einer unserer
Batterien, die den Rückzug deckten. Indem ich den
Befehl dem Batteriecommandanten ausrichtete, er=
tönte plötzlich ein furchtbarer Schlag oder vielmehr
hundert Schläge auf einmal. Von der ersten Be=
täubung zu mir kommend, war Alles in so dichten

Rauch gehüllt, daß ich nichts sehen konnte. Eine feind=
liche Granate hatte einen unserer Munitionskarren in
die Luft gesprengt, einen Theil der Mannschaft und
der Pferde getödtet, und dem Pferde des Batterie=
commandanten ein Stück Fleisch aus dem Halse
gerissen. Mir war kein Leid geschehen.

In Folge des mißlungenen Durchbruches be=
schloß der Kriegsrath, daß Görgey sich mit bei=
läufig 24,000 Mann nach dem östlichen Kriegs=
schauplatz wende, während Klapka mit 30,000
Mann zum Schutze von Komorn zurückbleibe. Unser
Abmarsch begann am 13. Juli, 3 Uhr Morgens,
auf dem linken Donauufer. Am nächstfolgenden
Tage fand uns die aufgehende Sonne ebenfalls auf
dem Marsche. Leiningen war vom Pferde gestiegen,
zu Fuß an der Spitze der Colonnen marschirend.
Eine Zeitlang waren wir schweigend nebeneinander
hergeschritten, da sprach er die Worte aus: „Ich
wollt' es wäre Schlafenszeit und Alles wär' vor=
über.“ Auf meine Frage, was ihn afficire, erzählte
er mir, er habe Briefe von seiner Frau (einer ge=
borenen Ungarin) erhalten und sei traurig, weil er
fühle, daß er sie nie wiedersehen werde. Seine

Ahnung hat sich in grausamer Weise erfüllt. Ich
kann nicht umhin, hier einige Worte seinem An=
denken zu widmen, die Motive und Umstände dar=
zulegen, welche die Ursache seines Eintritts in die
ungarische Armee geworden waren. Dieser Eintritt
hatte ihm in der Person eines hartherzigen Ver=
wandten, des Feldmarschalllieutenants gleichen
Namens, einen unversöhnlichen Gegner erweckt,
dessen Fanatismus so weit ging, daß er später
alle Bemühungen der Gräfin Karl Leiningen und
der zahlreichen Freunde ihres Gatten, den Letzteren
vor dem Galgen zu bewahren, vereitelte. Karl war
Hauptmann bei einem alten ungarischen Grenadier=
regiment als die Verwickelungen des Jahres 1848
begannen. Er hatte sein kleines Vermögen ver=
loren, nicht durch eigenes Verschulden, sondern durch
opfervolles Einstehen für einen Cameraden. Als
die Officiere der ungarischen Regimenter aufgefor=
dert wurden, den Eid auf die ungarische Verfassung
zu leisten, schrieb Karl an den österreichischen Kriegs=
minister Grafen Latour, und bat in ein deutsches
Regiment übersetzt zu werden, da er „ein Deutscher
sei und bleiben wolle". Er erhielt die Weisung,

zu bleiben wo er sei und sich unter allen Um=
ständen als treuer kaiserlicher Officier zu be=
nehmen. Leiningen, der schon Wolken am politischen
Horizonte heraufziehen sah, war nicht der Mann,
um eine doppelte Rolle zu spielen. Er schrieb noch
einmal an den Kriegsminister Latour und suchte
um seine Versetzung nach, diesmal mit Hinzufügen
der Erklärung, daß, wenn er den Eid auf die
ungarische Verfassung einmal geleistet habe, er ihn
auch halten werde. Die Versetzung wurde ihm
mit kurzen Worten abermals abgeschlagen. Karl
hielt seinen Eid und starb dafür den Märtyrertod!

Am 15. Juli Nachmittags traf unsere kleine
Armee auf den Höhen vor Waitzen an, auf den=
selben Stellung nehmend. In Waitzen befand sich
eine Abtheilung Russen, die sich sogleich herauszog.
Eine Kanonade entwickelte sich, unsere Truppen be=
setzten die Stadt. Am nächsten Tage blieben wir
in den eingenommenen Positionen. Indessen waren
60,000 Russen von Pest her im Anrücken. Der
Weg durch die Ebene war uns also verlegt. Görgey
beschloß, den Umweg über die Berge zu nehmen,
über Rhyma Szómbáth, Miskólcz, Tokay. Am

17. Juli sollte das Corps des General Nagy Sán=
dor um 2 Uhr Morgens aufbrechen, nach ihm das
Pöltenberg'sche Corps folgen, und endlich das von
Leiningen. Nagy Sándor hatte sich aber, wie ge=
wöhnlich, verspätet, sein großer Troß an Bagage=
wagen versperrte den schmalen Gebirgsweg. Die
Russen, deren Verstärkungen zum Theil schon an=
gekommen waren, griffen uns am frühen Morgen
an. Die Lage des die Nachhut bildenden dritten
Corps war kritisch: in der Front mit Uebermacht
angegriffen, der einzige Rückzugsweg durch den
Train und durch eine Masse flüchtender Bewohner von
Waitzen versperrt. Leiningen beauftragte mich, zwei
Züge Husaren zu nehmen und den Weg um jeden
Preis frei zu machen. Es war nicht leicht, den
Auftrag durchzuführen. Die halbe Bevölkerung der
Stadt wollte flüchten, der Armee folgen, die Ba=
gagewagen des Pöltenberg'schen Corps waren in=
einander verfahren, überall Wirrwar ohne Gleichen.
Die Angst vor den Russen machte die Leute rebellisch
gegen alle Befehle. Ich ließ den einen Zug Hu=
saren absitzen, um die Wagen in die Gräben zu
werfen; der andere Zug hieb mit flacher oder auch

scharfer Klinge auf Jene ein, die sich widersetzten.
Nach einer Stunde schwerer Arbeit war der Weg
zum größten Theile frei. Die zwei Züge Husaren
zur Aufrechthaltung der Ordnung zurücklassend,
ritt ich durch die Stadt zurück, um Leiningen auf=
zusuchen. Statt seiner begegnete ich am Südrande
der Stadt dem General Görgey, der eben zwei
Bataillone, die er zur Hand hatte, den Russen ent=
gegenwarf, um für den Rückzug der Uebrigen Zeit
zu gewinnen. Wenige Mann wären von ihnen
übrig geblieben, wenn sie nicht ein glücklicher
Zufall gerettet hätte. Kaum waren die beiden
zum Opfer bestimmten Bataillone in die Ebene
debouchirt, als das russische Ulanenregiment des
Obersten Saß sich auf sie werfen wollte. Im sel=
ben Augenblick aber debouchirte aus einem anderen
Theile der Stadt Oberst Galvány mit seinen
Wilhelm=Husaren, attaquirte die Ulanen in der
Flanke, und warf sie in Unordnung auf ihre In=
fanterie zurück, die nun gleichfalls in Unordnung
kam. Hiermit war die gewünschte Zeit gewonnen,
Görgey rief die zwei Bataillone zurück. Indessen
ritt ich nach der nordöstlichen Stadt=Lisière, um

an Leiningen den Auftrag zu bringen, den Abmarsch
unverzüglich anzutreten. Eine Viertelstunde
später sprengte dasselbe Ulanenregiment in wildem
Angriff in die Stadt, traf dort aber noch unsere
Infanterie, welche das Regiment fast gänzlich ver-
nichtete.

Wir waren nun auf dem Marsche, dicht gefolgt von den Russen, die wegen der Enge des
Thales ihre Uebermacht nicht entwickeln konnten.
Durch 36 Stunden kam ich nicht aus dem Sattel.
Vom ersten Tage an liefen im Hauptquartiere Berichte ein, daß man in fortwährender Fühlung mit
dem Feinde sei, daß jedoch Abends, sobald die Feld-
wachen ausgestellt wären, die russischen Vorposten-
officiere zu den Unseren herüber kämen, sie zum
Thee einlüden, und mit ihnen fraternisirten. Bei
Miskólcz gelangten wir in die Ebene und überschritten den Sajó-Fluß. Von Mittag an entspann
sich eine Kanonade über den Fluß hinweg, die uns
wenig Schaden hat.

In dem drei Meilen weiter gelegenen Gesthély,
am Hernád-Fluß, wurde der erste Rasttag gehalten.
Die Russen waren uns nicht gefolgt. Sehr früh

am Morgen dieses Tages, es war der 27. Juli,
ließ mich Görgey rufen und frug: „Willst Du als
Parlamentär in's russische Lager gehen?" „Ich
habe zu gehorchen, Du zu befehlen," erwiderte ich.
„Nun," sagte Görgey, „es handelt sich um eine
mehr diplomatische Mission, darum habe ich Dich
dafür ausgewählt. Es handelt sich um Folgendes:
Oberst Saß hat mir einen Brief geschrieben, worin
er mir seine Achtung vor unseren Truppen aus=
drückt, deren Kriegstüchtigkeit er unterschätzt habe,
was ihm sein Regiment koste. Zugleich sendete er
mir ein paar Pistolen, die er im Kaukasus getragen,
comme marque d'estime. Ich mag mir von dem
Russen nichts schenken lassen, darum will ich ihm
auch ein paar Pistolen schicken. Doch das ist nicht
Alles. Deine Sendung hat eigentlich einen anderen
Zweck. Unsere Lage ist kritisch" (hier trat der
General in eine kurze, klare Darlegung der Sach=
lage ein). „Wir können der ungeheuren Uebermacht
nicht auf die Dauer widerstehen. Nach allen Be=
richten, die ich erhalte, herrscht bei den Russen eine
uns günstige Stimmung, während sie mit den
Oesterreichern in fortwährendem Hader zu leben

scheinen. Was ist der Zweck unseres Kampfes?
Wir wollen die Integrität und die Verfassung
unseres Landes unverletzt erhalten. Wer auf dem
Throne sitzt, kann uns schließlich einerlei sein. Ich
habe mich mit Kossuth dahin verständigt, die Krone
von Ungarn dem Herzog von Leuchtenberg anzu-
tragen, wenn er den gesetzlichen Eid leistet, die Integrität und die Verfassung des Landes ungeschmä-
lert aufrecht zu erhalten. Hier ist der Brief von
Kossuth, worin er sich damit einverstanden erklärt.
Deine ostensible Aufgabe ist also die Ueber-
reichung der Pistolen; die Ausführung des politischen Auftrages hängt von der Stimmung ab,
welche Du bei den Russen für uns findest. Ich
werde Dir Pista Ezterházy mitgeben (Graf Stephan
Ezterházy, Rittmeister bei den Wilhelm-Husaren,
und so wie ich, Ordonnanzofficier bei Leiningen).
Ich werde sogleich den Brief an Saß und Euer
Beglaubigungsschreiben als Parlamentäre aufsetzen
lassen.

Eine halbe Stunde darauf ritt ich mit Ezterházy, einen Trompeter voraus, auf der Landstraße
nach Miskólcz zu. Etwa dreiviertel Meilen hinter

Geſthély kamen wir an ein allein ſtehendes Wirths=
haus, hinter dem auf einer kleinen Wieſe ein
Dutzend Koſacken im Kreiſe herum ritten, als
wären ſie in einer Reitſchule. Dabei gab immer
derjenige, der uns zunächſt war, einen Schuß auf
uns ab. Wir machten Halt, der Trompeter blies,
ich winkte mit dem Schnupftuche, Alles vergebens;
die Kerle ließen ſich im Kreisreiten und Scheiben=
ſchießen auf uns nicht ſtören. Nachdem uns ſo
10 bis 12 Kugeln um die Köpfe geflogen waren,
ſprangen wir von den Pferden. Dies wirkte. Im
Augenblick waren dieſe Wilden bei uns, wollten
uns die Waffen und wol auch ſonſt noch, was ſie
bei uns gefunden hätten, abnehmen. Es kam uns
zu Statten, daß ich ein ſlaviſches Idiom ſpreche;
ſo konnte ich mich endlich verſtändlich machen.
Wir beſtiegen wieder unſere Pferde, die Koſacken
führten uns zur nächſten Feldwache und von hier
aus wurden wir durch vier Koſacken nach Miskólcz
geleitet. In dem breiten, faſt ganz trockenen Bette
des Sajó lagerten die ruſſiſchen Truppen. Ein
eleganter Ulanenoberſt trat an uns heran und holte
nach, was man auf der Feldwache verſäumt, er

verband uns die Augen. Im Hauptquartier des
Generals Tscheodajeff angelangt, empfingen uns
drei Generäle, der ebengenannte Corpscommandant,
der Kosackenhetmann Kusnieczow und der General-
lieutenant Simonics. Nur der Letztere verstand
und sprach französisch; er machte den Dolmetsch
während unseres dreistündigen Aufenthaltes im
Hauptquartier. Oberst Saß war nicht gegenwärtig;
er sollte wegen seiner unbesonnenen Cavallerie-
attaque in Waitzen vor ein Kriegsgericht gestellt
werden. Ich bat, ihm die Pistolen sammt dem
Schreiben zu übersenden. Man bot uns ein Frühstück an, was wir selbstverständlich nicht aus-
schlugen. Beefsteaks, Braten, Leberpasteten wurden
uns mit Madeirawein und Champagner aufgetischt,
eine Kost, wie sie an der nüchternen Tafel Görgey's
oder Leiningen's nicht üblich war. Die drei Generäle
nahmen uns gegenüber Platz, einige Subaltern-
officiere standen hinter uns, so begann die Unterhaltung. Das Beglaubigungsschreiben in der Hand,
drückte man uns erst die Verwunderung darüber
aus, daß Männer von unserer Stellung einem
Kossuth dienten. Es war nicht schwer, darzuthun,

daß wir weder Kossuth noch einer anderen Person
dienten, sondern dem Vaterlande, und daß übrigens
Kossuth nicht ein solcher Rother sei, wie das offi-
cielle Oesterreich für gut finde, ihn erscheinen zu
lassen. Dann frug man, welchen Schaden uns die
Kanonade bei Miskólcz gethan und woher wir die
„Franzosen" zur Bedienung unserer Artillerie genommen hätten. Als ich erwiderte, wir hätten
vier Mann verloren und unsere Artillerie würde
nicht durch Franzosen, sondern durch lauter Freiwillige, meist den besseren Classen angehörig, bedient,
so erregte dies anfänglich Ungläubigkeit. Die Russen
hatten an jenem Tage 127 Mann durch unser
Artilleriefeuer verloren. Sehr begierig waren die
Moscowiter, etwas über Görgey's Persönlichkeit
zu erfahren. Die Herren erwärmten sich allmälig,
sprachen über Oesterreich in Ausdrücken, die gar
nicht schlimmer, beleidigender sein konnten. General
Simonics, der sich vorhin seiner „ungarischen" (sage
dalmatinischen) Abstammung gerühmt hatte, ergriff
ein Glas und erhob es zu folgendem Toast: „Je
bois à la santé de votre illustre général, de
votre brave armée, que nous admirons puisqu'elle

a battu l'Autriche, qu'elle aurait écrasée sans
notre malheureuse intervention. Croyez-nous,
nous détestons les Autrichiens, et nous aimerions
bien mieux les combattre, à côté de vous."
Eine solche Sprache aus dem Munde eines russischen
Generals und an einen Parlamentär gerichtet, war
überraschend; sie ließ auf tiefgehende Dissonancen
im Lager der „Verbündeten" schließen. Der Augenblick schien gekommen, wo ich auch den politischen
Theil meines Auftrages zur Ausführung zu bringen
hatte. Ich begann damit, die ersten Anfänge des
Streites darzulegen; zu zeigen, wie wir allmälig
gegen unseren Willen und gegen unsere Wünsche
auf den revolutionären Weg getrieben worden,
von dem es seit Proclamirung der österreichischen
Charte vom 4. März, welche Ungarn zerstückelte
und dessen Theile zu österreichischen Provinzen
begrabirte, keinen Rückweg gab. Nicht für den
Umsturz des Thrones, sondern für die Aufrecht-
erhaltung der bestehenden monarchischen Verfassung
kämpfend, würde die Armee, die Nation eher bereit
sein, einen fremden Fürsten auf den Thron zu
setzen, als durch feige Ergebung die politische Ver-

nichtung Ungarns zu besiegeln. Ungarn würde
eventuell bereit sein, dem Herzoge von Leuchtenberg
die Krone zu übertragen, wenn es sich damit die
Integrität seines Gebietes und die Aufrechthaltung
seiner Verfassung sichern könne. Erstaunen malte
sich auf den Gesichtern. Die Generäle conferirten
zehn Minuten unter einander, dann wandte sich
Simonics mit der Frage an mich, ob dies nur
unsere private Meinung sei, oder ob ich im Auf=
trage vom General Görgey gesprochen hätte. Ich
erwiderte, daß ich diese Meinung eventuell als Er=
klärung des General Görgey und des Gouverneurs
Kossuth abgäbe. Neue Ueberraschung. Nach aber=
maliger Conferenz mit den beiden anderen Gene=
rälen sagte Simonics, die wichtige Mittheilung,
die wir gemacht hätten, würde allsogleich dem
Fürsten Feldmarschall Paskievics gemeldet werden.
„Um aber aufrichtig mit Ihnen zu sein," setzte er
fort, „muß ich gestehen, daß wir nicht glauben,
Kaiser Nicolaus werde auf diesen Antrag eingehen.
Wir können Ihnen nur rathen, sich ohne weiteres
Blutvergießen zu ergeben, denn Sie müssen der
Uebermacht doch erliegen. Ja, hätten Sie es nur

mit Oesterreich zu thun, das wäre anders. Aber im Kampfe mit Rußland haben Sie keine Aussicht. Sehen Sie, jetzt hat unser Kaiser 200,000 Mann nach Ungarn geschickt, sollten diese nicht genügen, schickt er andere 200,000, und wenn es nöthig, noch mehr. Seine Ehre ist engagirt." Diese Rede war im Tone aufrichtiger Ueberzeugung gesprochen; es hätte sich darauf Manches erwidern lassen, wozu ich mich aber nicht berufen fühlte. Ich beschränkte mich darauf, zu sagen, daß, was auch immer unser persönliches Schicksal sei, unsere Armee sich den Oesterreichern auf gar keinen Fall ergeben werde. Wir verabschiedeten uns von den Generälen, die uns einen jungen, recht gebildeten Officier zur Begleitung bis Geszthély mitgaben.

Am 28. Juli wurde der Marsch fortgesetzt; bei Tokay überschritten wir die Theiß. Ich übergehe die militärischen Ereignisse, die Niederlage Nagy Sándors bei Debreczin, die von Dembinski bei Temesvár. Görgey schlug die Richtung auf Arád ein. In einer Ortschaft unweit Großwardein, durch welche unser Marsch führte, wurde ich von dem mich schon seit Waitzen verfolgenden Fieber so stark erfaßt, daß ich in fort-

währendem Delirium war. Der Generalstabsarzt
Dr. Orzovensky ließ mich in einem Landhause bei
braven Leuten einquartieren, und ordnete an, mich
nicht weiter ziehen zu lassen, bis ich wieder zu
Kräften gekommen sei. Die Armee war schon seit
36 Stunden abgerückt, als ich wieder zum Bewußt=
sein kam. Kosacken schwärmten in der ganzen
Gegend; ich wußte zudem nicht genau, wohin sich
unsere Armee gerichtet hatte; und zu allem Unglück
waren auch meine Pferde mit fort! Das war eine
peinliche verzweifelte Lage. Fort konnte ich nicht,
und bleiben konnte ich auch nicht, wenn ich auch
gewollt hätte. Dazu kam der peinigende Gedanke
an die Cameraden, mit denen ich bisher Freud
und Gefahr getheilt. Hatten sie einen Sieg er=
fochten, eine Niederlage erlitten? In beiden Fällen
war es trostlos für mich, ihr Loos nicht zu theilen,
hier ruhmlos in die Hände des Feindes zu fallen.
Der Hausherr versprach mir, nach Großwardein
zu fahren, um dort nach Nachrichten von der
Armee zu forschen. Er konnte seine Absicht aber
erst nach mehrtägiger Verzögerung ausführen; ich
stand eine wahre Tortur in dieser Zeit aus. Er

begab sich auf den Weg. Und welche Nachrichten
brachte er? Die bei Világos erfolgte Waffen=
streckung, und die Ankunft Görgey's als ruſſiſchen
Kriegsgefangenen im Hauptquartier des Fürsten
von Warschau, in Großwardein. Die Kataſtrophe
war also eingetreten! Alle Opfer an Gut und
Blut waren vergebens gewesen! Galgen und Kerker
und Elend ſtanden in Ausſicht; das vae victis der
alten Römer ſollte an uns ſich jetzt erfüllen. Ein
Troſt allein war uns geblieben: nicht ohne
Ehren waren wir erlegen. Der Macht
zweier Kaiſerreiche hatte es bedurft, um Un=
garn zu überwinden.

Mein nächſtes ſtärkſtes Verlangen war, das
weitere Schickſal meiner Cameraden zu theilen.
Ich begab mich am andern Tage nach Großwar=
dein, meldete mich kriegsgefangen beim ruſſiſchen
Platzkommando, ſuchte dann Görgey auf, der im
Hôtel zum ſchwarzen Adler logirte, wo auch ich
abſtieg. Görgey theilte mir die Vorgänge mit, die
ſeither ſtattgehabt hatten; er ſprach dabei die Hoff=
nung aus, daß Oeſterreich ſich mit ſeinem Kopfe
allein begnügen werde, daß die übrigen Generäle

mit Kerkerstrafen abkommen würden. Die Rech=
nung war ohne den Wirth gemacht!

Ueberrascht war ich von der Situation, die
ich in Großwardein antraf. Görgey, die Officiere
seiner Umgebung, so wie auch eine Menge anderer
Honvéds, gingen frei herum. Eine Ehrenwache
von 24 Mann mit einem Officier war vor dem
Hôtel aufgestellt, und bezeigte Görgey die mili=
tärischen Ehren. Bei Paskievics war er öfter zum
Thee gebeten; alle Russen, jedes Grades, zeigten
ihm Ehrerbietung und Bewunderung. Merkwürdig
war das Treiben an der großen Mittagstafel im
Wirthshaus. Hunderte von russischen und un=
garischen Officieren saßen dort untereinander ge=
mischt, fraternisirten und schimpften über Oester=
reich. Der Oberst der tscherkessischen Leibgarde
tractirte jeden Honvéd, der in seine Nähe kam.
Die wenigen österreichischen Officiere, die dorthin
kamen, waren zuweilen in recht peinlichen Lagen.
Zweimal schritt ich selbst ein, um einigen an=
geheiterten Honvéds ihren Uebermuth zu verweisen.
Die russischen Officiere legten sich nicht den ge=
ringsten Zügel an, um den österreichischen „Came=

raben" ihre Gefühle auszudrücken. So war ich
zufällig Zeuge jener peinlichen Scene in der Zucker=
bäckerei am Hauptplatz, wo ein russischer Olga=
Husarenofficier den Oberlieutenant Marquesi gröb=
lich beleidigte, ihm sogar Genugthuung verweigerte.
Derselbe Oberst, der mir in Miskólcz die Augen
verbunden hatte, war gegenwärtig, sah aber dem
lauten, ganz muthwillig herbeigeführten Streite
ruhig zu. Ein junger Artillerie=Hauptmann trat
heran, und bot die geforderte Genugthuung an,
falls sein Camerad auf der Weigerung beharren
sollte. Beschämt, zog Letzterer nun die Weigerung
zurück. Ich machte Bekanntschaft mit dem jungen
Artillerie=Hauptmann, dessen Benehmen mir gefallen
hatte; er hieß Skobelew, ist derselbe, der sich im
türkisch=russischen Kriege von 1877 als General
Lorbeeren erwarb. Marquesi fiel in dem am an=
dern Morgen stattgehabten Duell. Das russische
Kriegsgesetz ist in Bezug auf Duelle während eines
Krieges sehr streng; unbedingter Tod steht darauf.
Dem war also auch der Gegner von Marquesi
verfallen. Groß war daher die Ueberraschung, als
der Feldmarschall am andern Morgen zu seiner

Umgebung jagte: „Messieurs, vous savez, M. Marquesi est mort de la choléra; de la choléra, vous entendez bien."

Ich war mit den vier Adjutanten des Fürsten von Warschau bekannt geworden, den Fürsten und Grafen Galitzin, Troubezkoy, Protassow und Or-loff. Dieselben machten gemeinschaftliche Menage, und luden mich fast täglich zum Lunch ein. Eines Tages, als das Frühstück auf der silberbedeckten Tafel aufgetragen war, rasselte ein mit sechs Pfer-den bespannter Landauer vor, dem der General Graf Orloff, ein Onkel des eben erwähnten, staub-bedeckt entstieg. Er kam von Warschau, als Ueber-bringer des Dankschreibens von Nicolaus an Pas-kievics. Der General wechselte rasch Toilette und setzte sich dann mit gutem Appetit an unseren Tisch. Ich gebe hier unsere Unterhaltung wieder, die in mancher Beziehung nicht ohne Interesse ist. Der General sagte mir, es sei ihm angenehm, mich zu treffen, da ich ihn über Einiges würde aufklären können, was ihm unverständlich wäre. „Wo ist Ihre Armee?" Ich nannte ihm die Hauptcorps, deren Existenz für die Russen ohnehin kein Geheim-

niß war, und gab ihre Stärke eher höher als
niedriger an. „Gut, aber das macht nicht viel
über 120 000 Mann. Wo sind die Anderen? Sie
hatten über 300 000 Mann." „Wie, General, hat
man Sie wirklich so arg über die Stärke unseres
Heeres getäuscht, daß Sie von 300 000 Mann
sprechen? Hätten wir auch nur 200 000 unter
Waffen gehabt, so wäre Görgey sicher nicht Ihr
Kriegsgefangener und ich säße nicht an dieser Tafel."
General Orloff machte eine Geberde des Unglaubens
und sagte: „Ich weiß aus authentischen Quellen,
daß Ihre Armee 300 000 Mann zählte. Uebrigens,
wo ist also die polnische Legion? Wollen Sie diese
auch leugnen?" Ich erwiderte, daß ich nicht wisse,
wo die polnische Legion sei, es auch nicht sagen
würde, wenn ich es wüßte; daß sie aber an der
Gesammtzahl unseres Heeres wenig ändere, da die
Legion nur wenige tausend Mann stark war. „Das
ist nicht wahr!" schrie der General, „bemühen Sie
sich nicht, mich das glauben zu machen. Ich weiß
genau, die polnische Legion in Ungarn zählt 60 000
Mann, ich habe die Berichte von Schwarzen=
berg selbst gelesen." Ich zuckte schweigend die

Achseln und ließ mehrere Fragen Orloff's unbeant=
wortet. Inzwischen sprachen sich auch die Tisch=
genossen dahin aus, daß meine Angaben wol die
richtigeren wären, die Schwarzenbergischen Berichte
aber falsch. Der alte Herr gerieth in einen heiligen
Zorn. Die Faust geballt, rief er aus: „Dieser
Lügner, dieser . . . ., durch falsche Berichte hat er
unsern Kaiser dahin gebracht, dem sterbenden
Oesterreich zu Hilfe zu kommen! Nie hätte sich
Kaiser Nicolaus zu der unglücklichen Intervention
entschlossen, wenn ihm nicht Schwarzenberg vor=
gegaukelt hätte, daß die polnische Legion 60 000
Mann stark sei und, mit der ungarischen Armee
zusammen, unser Polen bedrohen werde." — Ist
es wahr, oder nicht wahr, was General Orloff
sprach? Hat Felix Schwarzenberg wirklich zu so
kühnen Uebertreibungen seine Zuflucht genommen?
und war es nur mit Hilfe dieser List, daß er den
Kaiser Nicolaus zur Zusage der Intervention zu
bewegen vermochte? Die Zukunft wird das Dunkel,
das über diesen Fragen noch schwebt, wol einmal
aufhellen. Indessen ist das Zeugniß Orloff's, der

dem Czaren bekanntlich sehr nahe stand, aller Be=
achtung werth.

Am selben Abend ließ Paskievics Görgey
rufen, und theilte ihm mit, daß Kaiser Nicolaus
aus freiem Antriebe ihm, Görgey, Schutz für sein
Leben zusagen lasse. Nicolaus glaubte offenbar,
hierdurch auch die übrigen ungarischen Generäle
vor der Capitalstrafe zu wahren; denn logischer
Weise konnte Oesterreich die Unter=Commandanten
nicht mehr strafen, als das oberste Haupt, be=
züglich welches Letzteren die Todesstrafe durch Ruß=
lands Machtwort ausgeschlossen war. Ueber diesen
Glauben, diese Intention des Czaren kann um so
weniger Zweifel bestehen, als Nicolaus kurze Zeit
später seinen Sohn und Thronfolger Alexander
nach Wien entsendete, um Fürsprache für die Ge=
neräle einzulegen. —

In Vilàgos wurden die Kriegsgefangenen jetzt
an die Oesterreicher übergeben. Görgey wurde durch
einen österreichischen Hauptmann abgeholt, um in
Klagenfurt internirt zu werden. Mit schwerem
Herzen nahmen wir Alle von dem genialen ritter=
lichen Heerführer Abschied, gegen den Perfidie und

Köhlerglaube die Anklage des Verrathes zu schleu=
dern wagten. Man spricht oft von der Undank=
barkeit der Großen dieser Welt, aber man schweigt
über die Undankbarkeit der Völker. — Wir übrigen
in Großwardein befindlichen Officiere erhielten vom
österreichischen Commissariat, an dessen Spitze ein
Ungar stand, dessen Namen ich verschweigen will,
Pässe zur Heimkehr ausgefolgt. Pässe? ja wol!
aber gleichzeitig hatte man im ganzen Lande die
ungarischen Banknoten — das einzige Zahl=
mittel — für ungiltig erklärt, ihre sofortige Ab=
lieferung bei schwersten Strafen anbefohlen. Diese
Confiscation im Großen machte, daß wir sämmt=
lich ohne einen Gulden giltigen Geldes blieben!
Ich verkaufte zwei Pferde um wenige Gulden öster=
reichischer Banknoten, behielt ein Pferd, und trat
den Heimweg an. Bis Tokay nahm mich Baron
Vietinghof, ein Adjutant von Gortschakoff, in
seinem Wagen mit. Von Tokay setzte ich den
Weg zu Pferde fort, und kam am 4. September
zu Hause an.

Meine Nerven hatten schon manche starke
Probe überstanden, aber die stärkste stand ihnen

wenige Wochen nach meiner Heimkehr bevor: die
Pester Zeitung brachte die kriegsgerichtlichen Todes=
urtheile gegen Ludwig Batthyányi und gegen zwölf
Generäle, und — die Nachricht von der am
6. October stattgehabten Vollziehung der Ur=
theile. Lüften wir den Schleier nicht, der über die
schmerzlichen Vorgänge jener Zeit gebreitet ist!

Noch im Laufe des Jahres 1849 erhielt ich
zwei Mal vom Stuhlrichter die Aufforderung, mich
nach Kaschau zur Einreihung in die österreichische
Armee zu stellen. Ich warf die Schreiben in's
Feuer. Gegen Ende Januar 1850 besuchten mich
zwei Bekannte, stellten mir die Verlegenheit des
armen Stuhlrichters vor, der Nichts gegen mich
unternehmen wolle, aber dafür in Gefahr sei, sein
Amt zu verlieren, das die Familie nähre. Der
Eine, mein alter Freund, Graf Ferdinand Sztáray,
bot mir an, mich nach Kaschau zu begleiten, dort
durch Freunde, die er unter den höheren Militärs
habe, mich vielleicht von der Einreihung zu befreien.
Wir reiseten nach Kaschau; der Versuch schlug fehl.
Eine Menge extremer Gedanken gingen mir durch
den Kopf, als plötzlich mein guter Bruder in's

Zimmer tritt, der mir nachgekommen war, um mir, nebst einigem Geld, die Nachricht zu bringen, daß in Jablonka, meinem Wohnsitz, zwei Soldaten eingetroffen seien, mit dem Auftrage, mich in Ketten abzuführen. Ein Verhaftsbefehl war also gegen mich schon erlassen und ich — bewegte mich ungenirt inmitten der Stadt, wo mich Jedermann kannte und von wo der Verhaftsbefehl ausging! Es hieß nun einen Entschluß fassen. Eine Flucht hatte wenig Aussicht. Die Grenzen der Monarchie waren weit, Gensd'armerie sperrte alle Wege. Gleichwol blieb nichts Anderes übrig. Ich bestellte für den andern Morgen einen Bauernwagen und verbrachte den Abend mit meinen Bekannten im Wirthshaus.

Beim Morgengrauen fuhr ich auf der großen Landstraße nach Miskólcz zu, um Bánrève, ein Landgut meines Freundes, Baron Aloys Vay, zu erreichen. In der Mittagsstunde des zweiten Tages kam ich ungefährdet dort an; keinem Gensd'armen war ich begegnet. Zu meinem Schrecken hörte ich, daß der Hausherr abwesend, wegen seiner Theilnahme am Debrecziner Reichstage in Haft sitze.

5*

Die hochherzige Hausfrau aber war anwesend; sie
empfing mich mit gewohnter Güte, und bot mir
ihr Haus als Asyl an; acht Honvédofficiere, meist
Verwandte, waren bereits dort. Für den Augen=
blick war ich geborgen, doch die Gefahr einer
Ueberrumpelung drohte fortwährend. Durch öffent=
liche Bekanntmachung waren 25 Gulden Belohnung
Demjenigen versprochen, der einen Honvédofficier
anzeige. Gensd'armerie war bereits im Dorfe.
Die Bauern wußten, daß mehrere Flüchtlinge
im Schloffe seien, aber kein einziger der braven
Leute trug Verlangen, den Judaslohn zu verdienen.
Wir vergnügten uns mit Billardspiel. Da stürzt
eines Tages ein Diener zur Thüre herein, mit der
Nachricht, die Gensd'armen kämen, um Haussuchung
zu halten. Unsere Maßregeln für einen solchen Fall
waren getroffen. Die heilige Hermandad zog un=
verrichteter Sache wieder ab. Ich und ein Camerad
— Dyonis von Dessewffy — waren in eine Boden=
versenkung gesteckt worden, die sich unter der Bett=
statt der Hausfrau befand, und zur Aufbewahrung
von Silberzeug und Documenten diente. So ver=
gingen sechs Wochen in dem gastfreien Hause, deffen

Besitzerin ihre edelmüthige Gastfreundschaft leicht
mit langem Kerker hätte büßen können. Im ganzen
Lande dauerten die Inquisitionen, die Verhaftungen
noch fort. Der Erste, der Bánréve verließ, war
Oberlieutenant Neulinger, Stiefsohn des öster=
reichischen Ministers Doblhof. Auch mir schaffte
die Baronin einen regelrechten Paß; ich war in
demselben als Adolf Seiler, Erzieher ihrer Kinder
und gebürtig aus Troppau, bezeichnet. Ich mußte
mir aber den Paß in Ryma Szombáth selbst
abholen; der Präses der Verwaltungsbehörde, der
mir ihn übergab, war ein alter, „nicht compro=
mittirter" Ungar, der genau wußte, für Wen er
den Paß unterzeichnete.

Ich trat nun die Reise nach Pest an, in die
Höhle des Löwen, oder, wie man damals sagte,
der „Hyäne". Ein guter Stern führte mich auch
hier wieder. Ohne ernste Schwierigkeiten in Pest
angelangt, hielt mein Wagen vor dem Andrássy'schen
Hause am Josephsplatz. Ich frug nach dem Grafen
Emanuel, dem Einzigen der drei Brüder, der nicht
compromittirt war, weil er während der Kriegszeit
in Indien reisete. Er war zur Zeit in Pest, aber

ausgegangen. Ich war mit den drei Brüdern oft
in Terebes, bei ihrer Mutter, zusammengetroffen,
und in Pest und Wien bei ihrem Vater. Ich
kannte Emanuel als einen unerschrockenen patrio=
tischen Mann, auf dessen Freundschaft man zählen
konnte. Ich ließ mein Reisegepäck auf sein Zimmer
bringen und empfahl dem Portier, einem alten
Diener des Hauses, gegen Jedermann zu schweigen.
Emanuel kam nach Hause und empfing mich, wie
ich es erwartet hatte. Am Tage sah ich einzelne
Bekannte bei ihm, des Abends gingen wir gewöhn=
lich aus, zu einer befreundeten Familie.

Hinein in die Höhle war ich wohl glücklich
gekommen; aber wie hinaus kommen? Oeffent=
licher Transportmittel, wie z. B. des Dampf=
schiffes, durfte ich mich nicht bedienen, da ich durch
meine viele Reisen aller Orten bekannt war und
vom ersten Besten erkannt werden konnte. Nach
einigen Deliberationen wurde beschlossen, daß An=
drássy's Kammerdiener mit meinem Paß per
Dampfschiff nach Wien fahre, während ich, an des
Letzteren Stelle, mit Andrássy nach Wien reise.
Der Plan wurde in den ersten Tagen des April

ausgeführt. Es wurden vier Pferde Extrapost vor
ein Coupé gespannt, Andrássy nahm darin Platz,
und ich auf dem Bock. In früher Morgenstunde
an der Wiener Mauthlinie angelangt, verlangte
man den Paß; ich sagte ungarisch, man möge ihn
vom Grafen verlangen. Endlich waren wir in
Wien! in diesem Wien, wo ich unter so ganz an=
deren Verhältnissen gelebt hatte, und das ich heute
als Flüchtling betrat!

In der Vorstadt ließ ich halten, nahm dem
Anscheine nach Befehle von Sr. Gnaden in Em=
pfang und entfernte mich, während der Wagen
weiter rollte. Ich richtete meine Schritte nach dem
Hôtel „National", einem Hôtel dritten Ranges in
der Leopoldstadt. Dorthin brachte mir vom Dampf=
schiff aus der Kammerdiener meine Sachen. Den
Paß hatte man den Dampfschiffpassagieren mit der
Weisung abgenommen, daß das Visum zur Weiter=
reise nur bei persönlichem Erscheinen auf der
Polizeidirection ertheilt werde. Tableau! sehr
ernstes Tableau! Auf der Polizeidirection konnte
ich mich unter keinen Umständen sehen lassen; dort
kannten mich von meinen Ritten und Fahrten im

Prater her die meisten Constabler, mit denen ich
wegen Schnellfahren auch einige Conflicte gehabt
hatte. Es ist mir öfter im Leben geschehen, Glück
im Unglück zu haben; dies war jetzt auch in
Wien der Fall. Ich nahm einen alten biederen
Lohndiener des Hôtels bei Seite, drückte ihm fünf
Gulden in die Hand und bat ihn, mir meinen
Paß zu bringen, so daß ich Abends abreisen könne.
Ich selbst hätte nothwendige Geschäfte in der Vor=
stadt Landstraße, so daß mir keine Zeit bliebe, auf
die Polizei zu gehen. Er versprach sein Möglichstes
zu thun. Ich ging nun aus, weil ich wußte,
daß es sonst bei dem Lohndiener Verdacht erregt
hätte. Langsam fortschlendernd, vertiefte ich mich
in Betrachtungen über Einst und Jetzt, so daß
ich aller Vorsicht, der Gefährlichkeit meiner Lage
total vergaß. Ohne recht zu wissen wie, war ich
bis in die Rothethurmstraße gerathen, als plötzlich
die hohe Figur des Generals Fürsten Montenuovo
vor mir steht. Er hatte mich bereits erkannt.
„Unglücklicher, wie kommen Sie hierher?“ fragte
er mich. „Ich bin auf der Flucht“, erwiderte ich,
„und ich denke, daß ein Montenuovo mich nicht

verräth." „Davor sind Sie allerdings sicher",
gab er zur Antwort; „aber ich rathe Ihnen,
eilen Sie fort, denn wenn man Sie fängt, so hängt
man Sie." „Ich danke für das Aviso", rief ich
ihm zu und eilte davon. Meine Träumerei war
gründlich vorüber, wie man denken kann. Was ich
bisher nur geahnt hatte, das wußte ich jetzt ganz
genau: man war mir in Wien besonders freund=
lich gesinnt! Warum? Das weiß ich bis heute
noch nicht. In Ungewißheit darüber, ob ich das
Paßvisum durch den Lohndiener erhalten würde
oder nicht, und ob es mir, selbst im günstigen Falle,
gelingen werde, die österreichische Grenze zu über=
schreiten — mein Paß war nur für das Inland
giltig — kam ich auf den Gedanken, noch ein an=
deres Auskunftsmittel zu versuchen. Ich fuhr in
einem Fiaker auf die preußische Gesandtschaft, ließ
den Gesandten um eine Unterredung ersuchen, und
bat ihn um einen Paß zur Ueberschreitung der
Grenze. Ein englischer oder französischer Gesandter
wäre, wie dies mehrfache Beispiele darthun, viel=
leicht nicht vor der persönlichen Verantwortung zu=
rückgeschreckt, seine formellen Befugnisse zu über-

schreiten, wenn es sich darum handelt, einem po =
litisch verfolgten ehemaligen Landsmann das Leben
zu retten. Doch für den preußischen Bureaukraten=
zopf jener Zeit war eine solche Zumuthung zu stark.
Der Gesandte drückte mir seine Theilnahme aus,
bedauerte aber, mir nicht willfahren zu können.
Alles, was er zu thun vermöge, sei das, daß er
mir durch einen Beamten der Gesandtschaft ein
Empfehlungsschreiben an den Director der Roth=
schild'schen Güter in preußisch Schlesien schreiben
lasse, der mir vielleicht zur Ueberschreitung der
Grenze behilflich sein könne. Uebrigens mache er
mich darauf aufmerksam, daß das Gesandtschafts=
hôtel von Spionen umstellt sei; ich möge die größte
Vorsicht beim Verlassen desselben gebrauchen. Neues
Tableau! Ich kam dennoch ungefährdet nach meinem
Hôtel zurück. Der biedere Lohndiener hatte mir
wirklich den Paß mit dem Visum gebracht. Ich
löste Abends im Nordbahnhof ein Billet zweiter
Classe, und bestieg den Zug, der nach Oderberg
führt. In der Station Gänserndorf geschah damals
die Paßrevision. Den Hut tief in's Gesicht gedrückt,
den Paletotkragen aufgeschlagen, saß ich in einer

Ecke. Die Waggonthüre geht auf, und sich zuerst an mich wendend, leuchtet mir der inspicirende Polizeibeamte mit der Laterne in das Gesicht mit den Worten: „Wie heißen's?" Mein Pseudonymname war mir noch nicht geläufig, ich konnte ihn im ersten Augenblick nicht finden, und griff in die Tasche nach dem Paß. „Na wie heißen's?" wetterte der Sbirrenhäuptling zum zweiten Male. „Da hoben's meinen Paß", gab ich zurück. Er betrachtete prüfend das Visum, händigte mir den Paß wieder ein und wandte sich nun an die anderen Reisenden. Diese Station des Calvarienberges war also auch glücklich überstanden!

Am nächsten Morgen kamen wir in Oderberg an. Ich nahm ein Zimmer im Wirthshaus, trank einen Caffee, steckte dann den Zimmerschlüssel zu mir und ging auf Recognoscirung aus. Meine Schritte richtete ich der Oder zu, in der Absicht, den Fluß nöthigenfalls zu durchschwimmen. Einige Landleute zeigten mir die Richtung an, in welcher eine Ueberfuhr zu finden sei. Es regnete in Strömen. Nirgend einen verdächtigen Finanzwächter erblickend, durchschritt ich eine große nasse Wiese, die an ihrem

anderen Ende mit Erlensträuchern dicht bewachsen
war. Hier traf ich einen Fußsteig, dem ich nun
folgte. Ich gelangte an einen 7—8 Fuß breiten,
ziemlich tiefen Bach, der mit gelbem Lehmwasser
bis an die Ufer angeschwollen war. Ein ganz
schwacher, sich beim ersten Tritt biegender Erlen=
zweig diente als Ueberbrückung. Nur ein Seil=
tänzer konnte sicher darüber hinwegkommen. Erst
zögerte ich, den Uebergang zu versuchen; das
schmutzige Wasser des Baches, die kalte Tagesluft,
waren nicht einladend für ein Bad. Aber es gab
keinen anderen Weg, der hin nach Küßnacht führte.
Drei Schritte hatte ich glücklich balancirt, als in
meinem Rücken ein schriller Pfiff ertönt, der meine
Schritte unwillkürlich hastiger machte. Der Steg
brach, und ich lag bis an die Arme im Wasser!
Einen Erlenzweig des andern Ufers erfassend, konnte
ich mich herauswinden. Wenn der Pfiff mir ge=
golten hatte, so mußte mich ein Zollwächter be=
merkt haben, der mir wahrscheinlich auf dem Fuße
folgte. Schnellen Schrittes eilte ich weiter. Bald
befand ich mich wieder auf einer freien Wiese, hinter
welcher ich die Oder fließen sah, ein Anblick, der

in mir ungefähr dieselben Gefühle erregte, als
dem Schiffbrüchigen, der Land sieht. Als das
Oberufer erreicht war, gewahrte ich auf der anderen
Seite einen Kahn, in dessen Nähe ein Knabe saß.
Ich winkte ihm herüberzukommen, eine Zehngulden=
banknote emporhaltend, um ihn zur Eile anzuspor=
nen. Die Zeit war kostbar. Ehe der Kahn noch
bis in die Mitte des Flusses gelangt, traten aus
dem Erlengebüsch zwei Finanzwächter hervor, die
sich in Lauf setzten, um mich, den sie für einen
Tabackpascher halten mochten, einzuholen. Der
Kahn näherte sich indeß dem diesseitigen Ufer, ich
schwang mich hinein, und hörte nur noch das
Fluchen der Zollwächter, denen die gehoffte Beute
entgangen war.

Ich war frei! Der Knabe führte mich nach
einem nahen Bauernhause, wo ich versuchte, meine
mit einer Schlammkruste überzogenen Kleider etwas
zu trocknen. Der gewonnenen Freiheit vermochte
ich mich nicht zu erfreuen. Das Leben, die persön=
liche Freiheit waren gerettet; trostlos, traurig aber
war die mir bereitete Lage. Von meiner Familie
weit getrennt, mein Vermögen zerrüttet, die Heimat

verloren! War es der Mühe werth gewesen, da=
für das Leben zu retten? Wahrlich, nein! Ich
würde die Rettung auch gewiß nie versucht haben,
wenn ich als Egoist gedacht hätte.

Die Kleider wollten nicht trocknen, der Frost
schüttelte mich, ich mußte fort, so wie ich war.
Der Bauer fuhr mich nach dem wenige Meilen
entfernten Landsitz eines Verwandten, des Herren
von Selchow in Rudnik, wo ich mich im Kreise
seiner gemüthvollen Familie von den ausgestandenen
Strapazen einigermaßen erholte. Ich ging dann
auf einige Tage nach Schloß Dobrau zu meinem
unvergeßlichen Onkel, dem Bruder meines verstor=
benen Vaters, und von dort nach Berlin. Hier
lebte damals die Schwester meiner Mutter, die
Baronin Bianca Fircks, eine an Herz und Geist
ausgezeichnete Dame. Durch ihre Schwester von
meinem Verschwinden und von der Ankunft der
zwei Soldaten in Jablonka, in Kenntniß gesetzt,
hatte tiefe Kümmerniß sie meinetwegen ergriffen.
Ihre Freude war groß, als sie mich wiedersah.
Uebrigens glaubte sie für meine Sicherheit schon
gesorgt zu haben, indem auf ihr Bitten die Königin

Elisabeth einen Courier nach Wien geschickt, und um
Gnade für mich nachgesucht hatte. Ich sprach der
guten Tante meinen Dank aus für ihr Bemühen,
bat sie, auch der Königin meinen ehrerbietigsten
Dank zu Füßen zu legen, erlaubte mir aber der
Meinung zu sein, daß selbst die königliche Für=
sprache nicht ausgereicht hätte, mich vor der Rachsucht
der in Oesterreich damals absolut herrschenden Cama=
rilla zu schützen. Frau von Fircks hielt diese Mei=
nung für freventlichen Zweifel. Es war nur zwei
oder drei Tage später, daß ich, bei ihr eintretend,
sie sehr verlegen fand. Die Oberſthofmeiſterin
Gräfin Dönhoff hatte ihr eben einen Brief von
der Königin gebracht, der meine Meinung vollauf
bestätigte. „Ich bedaure sehr, Ihnen bezüglich
Ihres Neffen keine gute Nachricht geben zu können.
Er muß doch ein schlimmer Mensch sein, viel
Böses gethan haben, denn meine Schwester schreibt
mir, er könne seiner gerechten Strafe nicht
entzogen werden." So lautete der Hauptinhalt
des Briefes. Wie mußten mich die damaligen
Machthaber, die Haynau, die Schwarzenberg, und
tutti quanti, allerhöchſten Orts beſchrieben haben,

damit man mich für so besonders strafwürdig hielt!
Ich war eben ein Deutscher von Geburt, und
das war ein unausjühnbares Verbrechen in ihren
Augen. Seltsame Fügung des Schicksals! Sechzehn
Jahre später verweigerte, mit faſt denſelben
Worten Benito Juarez die Begnadigung eines
edeldenkenden sehr hochstehenden Mannes, den vor
der Geschichte ebenfalls kaum ein anderer Vorwurf
treffen wird, als der, den Umständen erlegen
zu sein.

In Berlin, in dem Staate des großen Fried=
rich, glaubte ich frei zu sein von polizeilicher Be=
läſtigung, frei in dem Sinne, wie man es heute
— Dank dem Martyrium so Vieler, die für die
Erringung vernünftiger, geſetzmäßiger Freiheit ge=
litten — im ganzen civilisirten Europa factisch ist.
Ich hatte dem Staate mit Ehren gedient, war
ihm keine Verpflichtung schuldig, hatte mich gegen
keines seiner Gesetze vergangen. Aber das Preußen
von damals war nicht mehr das Preußen Fried=
rich's II., und es war noch nicht das Deutschland
Wilhelm's I. In den Augen der preußischen, wie
der österreichischen Regierung war jeder Ungar, der

für sein Vaterland gekämpft hatte, ein Rebell, ein
gefährlicher Umsturzmann. Ich wurde auf die Po=
lizei citirt, ich kam nicht; abermalige Citation,
unter Androhung von Gewaltanwendung, aber=
malige Weigerung. Darauf erschien der bekannte
Criminalpolizei=Rath Goldheim in hocheigener Per=
son bei mir, und begann, übrigens unter Beobachtung
sehr höflicher Formen, mich einem Verhör zu unter=
ziehen. Ich schnitt dasselbe mit einer Erklärung ab,
deren Logik meinem Inquirenten, welcher überdies
auf den ersten Blick erkannt haben mochte, daß er
es nicht mit einem verschmitzten Verschwörer, son=
dern mit einem ehrlichen Soldaten zu thun hatte,
Eindruck machte: „Wenn Sie mir sagen, was ich
gegen Preußen verbrochen habe, so werde ich
Ihnen Rede und Antwort stehen, wenn nicht,
nicht, außer Sie erklären mir, daß Berlin zu
einer Polizeifiliale von Wien herabgesunken ist.“
Goldheim stand auf; steckte das angefangene Pro=
tokoll in die Tasche, und empfahl sich mit der
Entschuldigung, daß er höherem Auftrage hätte
folgen müssen. Angewidert von dem, was ich in
Berlin sah und hörte, beschloß ich, mich nach Paris

zu meinen dort weilenden Exilsgenossen zu begeben. Ich richtete an das Polizeipräsidium schriftlich das Ersuchen, mir einen Paß für die Reise bis Paris ausstellen zu wollen. „Euer p. p. kann als Ausländer ein Paß diesseits nicht ertheilt werden. Hinckeldey," war der Bescheid. Dieser Bescheid mag ganz reglementsmäßig gewesen sein, charakterisirt aber den Zopf jener Zeit; denn entweder mußte man mich in Berlin behalten wollen, auch ohne Legitimationspapiere, oder man mußte mir den Paß für die Fortreise geben. Durch die Freundlichkeit eines mir bekannten Landrathes erhielt ich endlich den gewünschten Paß.

In Aachen brauchte ich die Schwefelbäder, und begab mich im August, in Gesellschaft der Herren Adolf von Steffens und Heinrich Cocqueril nach Ostende. Ich ward hier zwei russischen Damen, der Fürstin Gortschakoff und der Gräfin Rüdiger vorgestellt, deren Gatten den Feldzug in Ungarn als hohe Generale mitgemacht hatten. Unnöthig zu sagen, daß beide Damen die Gefühle zu Gunsten Ungarns theilten, die in der russischen Armee verbreitet waren. Sie erzählten mir als Thatsache,

daß bei der im Rückzug aus Ungarn begriffenen
russischen Armee, wegen der Hinrichtung der un=
garischen Generale ein solcher Sturm des Unwillens
unter den Officieren ausbrach, daß achtzig der=
selben nach Sibirien deportirt wurden!

Im November (1850) traf ich in Brüssel mit
einem lieben Freunde, dem Obersten Josef von
Kászonyi zusammen; wir gingen bald darauf nach
Paris, wo wir fast drei Jahre lang porte à porte
im selben Hause wohnten.

Paris war oder wurde allmälig der Sammel=
platz für einen großen Theil der ungarischen Emi=
gration. Ich nenne hier Einige der Namen: die
Grafen Ladislaus Teleky und Julius Andrássy,
General Klapka, Graf Casimir Batthyányi, Graf
Ladislaus Csáky, Oberst Nicolaus Kiss de Nemeskér,
die Grafen Paul Ezterházy und Anton Zichy,
Alexander Teleky, dann Gorové, Bitto, Daniel
Jrányi, Bartholomeus Szémére, Graf Kálmann
Schmidegg, Paul von Almássy, Bischof Césár Med=
nyánszki, der alte Bötthy, Friedrich Szarbáby, Ge=
neral Czecz, Pongrácz u. A. m. — Laczy Teleky
war schon während der Kriegszeit als ungarischer

6*

Gesandter nach Paris gekommen. Er erfreute sich
einer großen persönlichen Achtung bei der französischen Regierung, der gegenüber er nunmehr der
Vertreter oder Chef der Emigration war. Nur
auf seine Empfehlung, beziehungsweise Bürgschaft,
erhielten die ankommenden Emigranten von wenig
bekannten Namen die erforderlichen Permis - de-
séjour ausgefertigt, einzelne Bevorzugte auch Reise=
pässe. Ich erhielt durch Vermittelung Teleky's und
des Prinzen Napoleon, meinen ersten, auf Jahres=
dauer lautenden Paß im Jahre 1853, der bis 1867
stets erneuert wurde.

Teleky war eine originelle Erscheinung. Er
hatte einen scharfen, lebhaften Geist, ein sehr ver-
bindliches Wesen, und viel diplomatisches Talent.
Dabei war er Ehrenmann „vom Scheitel bis zur
Zehe". Sehr eitel, war er leicht beleidigt; das ge-
ringste Wort, das ihm mißfiel, konnte ihn zu
einer Herausforderung veranlassen. Schlimme
Streiche spielte ihm zuweilen seine Zerstreutheit;
einmal ging er in Genf, statt mit dem Spazier=
stock, mit einer Feuerzange aus, und bemerkte den
Irrthum erst an dem Lachen eines ihm begegnenden

Bekannten. Ein wie bedeutender Mann er gleich=
wol war, davon zeugt die hervorragende Rolle,
die er später als Chef der Opposition auf dem
Reichstage spielte. — An Jahren viel jünger als
Teleky, ihn aber an Selbstbewußtsein der Ziele,
ich möchte sagen an sittlichem Ernst überragend,
war Gyula Andrássy. Ein ruhiger Denker, seinen
Gleichmuth nie verlierend, entwickelte er schon früh
das Talent, seine Gegner mit Witzen zu schlagen.
Ich hatte ihn seit dem Sommer 1848 nicht ge=
sehen, wo er damals, nur 24 Jahre alt, als Ober=
gespann des Zempliner Comitates einer stürmischen
Ständesitzung mit bewundernswerther Ruhe präsi=
dirte. Andrássy war nur den Frauen gegenüber
eitel, deren Herzen ihm seine schwarzen Locken leicht
gewannen. Er war der Einzige in der Emigration,
der mit Ausdauer sich ernsten Studien hingab, be=
sonders seiner Lieblingswissenschaft, der Strategie.
Ihn eines Tages in seinen Büchern vertieft findend,
prophezeihete ich ihm, er würde noch einmal Mi=
nister oder General; er ist B e i d e s seither geworden.
Eines Tages trat Andrássy zu mir in's Zimmer,
die Wiener Zeitung in der Hand, und unaufhörlich

lachend. Auf meine wiederholte Frage, was es
denn in der amtlichen Wiener Zeitung so Komisches
gäbe, reichte er mir das Blatt mit den Worten:
„Da, lies mein Todesurtheil, es ist so gut mo=
tivirt, daß ich mir einst kein schöneres Epitaph
auf meinen Grabstein wünschen kann." In der
That, die Motive des Urtheils, die, wenn ich mich
gut erinnere, hauptsächlich aus Andrássy's diplo=
matischem Wirken in Konstantinopel geschöpft,
waren vom ungarischen Standpunkt aus ein glän=
zendes Lob für seine Leistungen, und über die „in
effigie vollzogene Execution" konnte er in Paris
wol lachen! Eine schöne männliche Erscheinung
war Casimir Batthyányi. Er war ungarischer
Minister des Aeußern gewesen, oder, wie die
Spötter sagten: ministre des affaires qui lui étaient
étrangères. Er besaß ein Einkommen von jährlich
400,000 Gulden, das ihm Oesterreich confiscirte;
er war auch der nächste Erbberechtigte seines Bru=
ders, des Fürsten gleichen Namens. Das Schicksal
versagte ihm die Genugthuung, die Wiederherstellung
der Gesetzlichkeit und Unabhängigkeit des Vater=
landes, für das er so große Opfer gebracht hatte,

zu erleben; er ſtarb im Exil in faſt dürftigen Ver=
hältniſſen. — Szémére war Miniſter des Innern
unter Koſſuth geweſen; von den Miniſtern der Ein=
zige, der republikaniſchen Tendenzen zuſtrebte. Mit
gutem Verſtand begabt, hatte er doch wenig Freunde,
wegen ſeiner Neigung zur Intrigue. — Paul
Eſzterházy, ein Bruder des ſpätern öſterreichiſchen
Miniſters Grafen Moritz, war von Hauſe ſehr reich.
Er war Oberſt in Komorn, und durch die Kapitu=
lation der Feſtung ſtraffrei. Ueber ihn läßt ſich
kaum viel Anderes ſagen, als daß er ein vor=
nehmer Mann und redlicher Patriot war. Paul
beſuchte oft England, und war in der hohen Geſell=
ſchaft von London ſehr bekannt. Die öſterreichiſche
Regierung bemühte ſich während und nach dem
Kriege durch ihre Diplomaten den Glauben im
Ausland zu verbreiten, daß die ungariſche Revolu=
tion nur das Werk einer kleinen demokratiſchen
Partei war, von der ſich alle beſſeren Elemente
der Nation fern hielten. Der Fuchs Palmerſton,
der genau die Sachlage kannte und ſich über dieſe,
der Wahrheit in's Geſicht ſchlagenden Verſicherungen
des öſterreichiſchen Geſandten ärgerte, beſchloß dieſem

einen Streich zu spielen. Er lud ihn und den ihm
befreundeten russischen Gesandten zu einem Diner,
zu dem auch Graf Paul geladen war. Als der
österreichische Gesandte diesen erblickte, war er in=
dignirt über den ihm angethanen Affront, und
- erklärte dem Lord Palmerston, an dem Diner nicht
theilnehmen zu können. Palmerston that sehr über=
rascht, und frug, ob denn Graf Ezterházy auch ein
rother Rebell sei? Er, Palmerston, kenne Ezter=
házy seit vielen Jahren als einen conservativen
und royalistisch gesinnten Mann, und könne er
nicht begreifen, wie der ein Rebell sein solle. Der
Gesandte möge diese Begegnung nur sich selbst zu=
schreiben. Wenn er nicht zum Diner bleiben wolle,
so bedaure er — Palmerston — das sehr, könne
es aber nicht ändern. Der Gesandte verließ den
Saal.

Durch Telekh wurde ich bei Victor Hugo und
Emanuel Arago eingeführt. Bei Beiden fanden
wöchentliche Empfangsabende statt, die das rendez-
vous der politischen Gesellschaft waren. Man be=
gegnete dort den Koryphäen der republikanischen
Partei, den Männern der Wissenschaft, der Kunst

und der Literatur. Ein kleiner Unterschied war in=
dessen doch bemerkbar. In den Soiréen bei Arago
wurden vorzugsweise Fragen der Politik oder der
Wissenschaften erörtert, während die Unterhaltung
im Hause des Poeten mehr schöngeistiger Natur
war. Ein interessanter, aber viel kleinerer Cirkel
war der bei Madame Hortense Cornu. Durch Geist,
Charakter und Liebenswürdigkeit gleich ausgezeich=
net, stand sie in hohem Ansehen, und mußte man
es als eine Gunst betrachten, in ihrem Kreise auf=
genommen zu sein. Sie war eine Milchschwester
Louis Napoleon's, war mit ihm innig befreundet,
und die Mitarbeiterin an seinen literarischen Werken
gewesen. Dies Freundschaftsverhältniß erfuhr eine
plötzliche Aenderung durch den Staatsstreich. Jede
Verbindung mit Louis Napoleon abbrechend, nannte
sie ihn nur noch einen Eidbrüchigen, einen Elenden;
alle Versuche des Prinz=Präsidenten und Kaisers,
die von ihm hochgeschätzte Frau zu versöhnen,
blieben erfolglos. Ich war einmal Zeuge eines
solchen Versuches, den der bekannte Herr Mocquart
im Auftrage des Kaisers machte, ohne sich durch
meine Gegenwart beirren zu lassen. „Je n'ai plus

rien de commun avec ce parjure, ne m'en parlez plus" erhielt er zur Antwort, und entfernte sich schweigend.

Es ist unerklärlich, daß die republikanische Partei sich von dem Staatsstreich so überraschen ließ, obwol die Vorbereitungen dafür dem Auge des objectiven Beobachters schon seit lange sichtbar waren. Während der letzten Wochen vor Aus= führung desselben sprach man in den Salons mehr oder weniger laut von einer solchen Eventualität, doch schien sie Niemand au sérieux zu nehmen. Um 9 Uhr des Morgens, am 2. December 1851, trat ein Bekannter vor mein Bett, der französische Capitaine Zgliniczki, Adjutant des Marschalls Jérome, und weckte mich mit der Nachricht von der Vollziehung des Staatsstreiches. Thiers, Arago, Hugo und alle die Anderen waren arretirt, das Kammergebäude und alle strategisch wichtigen Punkte der Stadt mit Trup= pen besetzt. Ich war schnell angekleidet. Wir gingen die Boulevards entlang nach der Madelainekirche zu, und über die rue royale nach der place de la Concorde. Die Straßen waren gänzlich menschen= leer, nur Militärposten waren von Distance zu

Diſtance aufgeſtellt. In der rue royale ſahen wir
den Prinz=Präſidenten in Begleitung von Fleury
und noch einem andern Officier langſamen Schrittes
reiten. Wir befanden uns auf dem Trottoir, in
gleicher Höhe mit den Reitern, als aus einem
gegenüberliegenden Fenſter ein Schuß ertönte, und
eine augenſcheinlich dem Prinzen beſtimmte Kugel
vor unſeren Füßen auf dem Trottoir einſchlug.
Louis Napoleon wandte kein Auge, nur ſeine zwei
Begleiter blickten nach den Fenſtern hinauf. Auf
der place de la Concorde drehte ich mit Zgliniczki
um, und richteten wir unſere Schritte nach dem
Hotel d'Eſpagne, in der rue Taitbout belegen, wo
damals die Gräfin Cſáky, die Mutter von Laczy
Cſáky logirte, und — wenn ich mich recht er=
innere — auch Gräfin Andráſſy, die Mutter von
Ghula.

Der 2. und der 3. December gingen ohne be=
ſondere uns bemerkbar werdende Vorgänge vorüber.
An einigen Straßenecken war eine Proclamation an=
geſchlagen, welche Louis Napoleon für vogelfrei
erklärte. Die Boulevards waren mit Menſchen
dicht gefüllt. In der Menge hörte man öftere Aus=

rufe der Entrüstung oder Drohung. Ein Heer von
Polizisten war längs der Boulevards aufgestellt,
die Polizei mahnte fortwährend nicht stehen zu
bleiben, und verhaftete die sich Widersetzenden, die
zu lauten Schreier. Besonders des Abends wurde
das Gedränge stärker, die Conflicte häufiger. Am
4. December Vormittags befand ich mich wieder
im Hotel d'Espagne, das wegen seiner Lage dicht
neben Tortoni ein günstiger Beobachtungspunkt
war. Andrássy proponirte mir einen Gang auf
die Boulevards. Neben Tortoni waren Truppen
aufgestellt, die Circulation gehemmt. Wir machten
einen Umweg und debouchirten durch die rue
Drouot auf die Boulevards, die dort ganz menschen=
leer waren; nur neben Tortoni und neben der
passage Jouffroy standen starke Militärabtheilungen.
Uns der passage de l'Opéra nähernd, gewahrten
wir zwei elegant gekleidete Herren auf dem
Trottoir, sich ruhig miteinander unterhaltend.
Ein Cavallerieofficier ritt an die zwei Gentlemen
heran und befahl ihnen, sich zu entfernen; sie pro=
testirten gegen diese „Willkür", worauf der Officier
den einen Herrn mit dem Säbel über das Gesicht

schlug, so daß dasselbe sofort mit Blut überdeckt
war. Nicht geneigt uns einer ähnlichen Brutalität
auszusetzen, lenkten wir unsere Schritte nach der
entgegengesetzten Seite, nach der passage Jouffroy
zu. Einzelne Schüsse fielen da oder dort, wahr=
scheinlich von betrunkenen Soldaten herrührend,
denn sämmtliche Truppen befanden sich in an=
geheitertem Zustande. Die Schüsse wurden aber
immer häufiger, die Kugeln kamen uns immer
näher, so daß wir es gerathen fanden, den Rückweg
einzuschlagen. Bald darauf hörte man Kanonen=
donner und Gewehrfeuer in der Richtung des
Boulevard Montmartre. Der Kampf gegen das
Volk hatte begonnen, sein Ausgang ist bekannt.

Im Frühjahr 1853 verließ ich Paris. Ein
hartnäckiges Augenleiden, dessen Heilung Sichel und
Démarre fruchtlos versucht hatten, und finanzielle
Rücksichten, veranlaßten mich nach Berlin zu gehen,
wo mich Professor Gräfe in die Cur nahm. Dies=
mal kam ich nach Berlin nicht als ein wegen man=
gelnder Legitimationspapiere verdächtiges Indivi=
duum, sondern versehen mit einem französischen
Paß, der mir Schutz und Protection versprach;

eine Zusicherung, die, wie mir der französische
Gesandte Marquis de Moustier ausdrücklich ver=
sicherte, eventuell kein leeres Wort sein würde.

Durch ein Empfehlungsschreiben, das Herr
Emanuel Arago so gütig war mir an Alexander
v. Humboldt mitzugeben, ward mir die Ehre zu
Theil, den berühmten Verfasser des Kosmos kennen
zu lernen, und zuweilen eine viertel Stunde mit
ihm zu plaudern, oder vielmehr ihm zuzuhören.
Viel und gern verkehrte ich mit Varnhagen von
Ense, nur dem Verkehr mit seiner Nichte Lud=
milla Assing vermochte ich, aufrichtig gesagt, keinen
Geschmack abzugewinnen. Von den Häusern der großen
Gesellschaft besuchte ich häufig nur die des Kriegs=
ministers Herrn v. Bonin, der Gräfin Lottum, des
Marquis de Moustier, des Lord Loftus, und des Grafen
Launay, doch war ich auch auf einigen Soiréen
bei Herrn v. Manteuffel, damaligem Minister=
präsidenten, und bei Herrn v. Hinckeldey, dem
Polizeipräsidenten, der später in dem Duell mit
Lieutenant v. Rochow erschossen wurde. Es konnte
nicht fehlen, daß ich dem österreichischen Gesandten,
Grafen Ernst Ezterházy, häufig in der Gesellschaft

begegnete, ihm aus denselben Gründen ein Dorn
im Auge war, wie Graf Paul Ezterházy dem
österreichischen Gesandten in London. So geschah
es einmal auf einem Balle bei Lord Loftus, daß
der Gesandte unfreiwilliger Zuhörer einer Unter=
haltung zwischen dem Prinzen Wilhelm von Baden
und mir wurde, die ihm kaum angenehm in die
Ohren klingen konnte. Der Prinz erzählte mir,
daß er eben von einer Reise nach Léva in Ungarn
zurückgekehrt sei, wo ihm sein als Husarenrittmeister
dort stationirter Bruder alles bestätigt habe, was
ich früher über die Zustände in Ungarn gesagt, was
aber damals ihm, dem Prinzen, als übertrieben
und unwahrscheinlich erschienen wäre. „Erklären
Sie mir aber," fügte der Prinz hinzu, der bei
dem großen Gedränge ebensowenig wie ich die Ge=
genwart Ernst Ezterházy's bemerkt hatte, „erklären
Sie mir, wie kommt es, daß dennoch Träger großer
ungarischer Namen dem österreichischen Regime
dienen?" Ich gab mit gewohntem Freimuth die
richtige Antwort, als der Prinz mich ganz er=
schrocken am Arm faßte: „Um Gottes willen still!
da steht ja Ezterházy dicht neben uns, er muß

jedes Wort gehört haben." „Desto besser," ent=
gegnete ich, und wir wechselten das Gesprächs=
thema. Oesterreich beantragte wirklich meine Aus=
weisung aus Berlin; ich hatte jedoch nicht nöthig
den französischen Schutz anzurufen, denn Herr v.
Manteuffel wies selbst dies Ansinnen zurück. Man
sah damals in Berlin schon klarer in Bezug auf
Ungarn, und hatte außerdem „Olmütz" im Magen.

Während zweier Sommer brauchte ich die Cur
in Homburg, zwei andere Sommer brachte ich bei
Verwandten auf dem Lande zu. In Dresden
war ich mit einigen Russen bekannt geworden, den
höchsten Schichten der Gesellschaft angehörig. Ich
hatte einmal ein Gespräch mit dreien derselben,
das mir jetzt, wo es sich immer deutlicher zeigt,
daß der Nihilismus alle Classen der russischen Ge=
sellschaft durchdringt, wiederholt in's Gedächtniß
zurückkommt. „Ihr Ungarn handelt recht thöricht",
sagte der Eine, „Ihr schlagt Euch gegen die Sol=
daten des Kaisers; wir Russen, wir erdrosseln un=
sere Monarchen, wenn sie übermüthig werden." Ich
konnte ihm nur erwiedern, daß dies echt russisch
sein möge, aber ritterlich sei es nicht. Im

Jahre 1855 machte ich eine Reise nach Kopenhagen,
zum Besuche eines Freundes, des Baron Adolf
Steffens, der dort als preußischer Geschäftsträger
fungirte. Aus der Zeit meines Aufenthaltes in
Deutschland will ich noch eines Curiosums gedenken.
Nicht in eigener Sache, sondern für einen Anderen
eintretend, hatte ich im Frühjahr 1854 ein Duell
mit einer hochgestellten Persönlichkeit. Ich erhielt
einen Schuß in die rechte Hüfte. Die Kugel hatte
Rock, Hose und Hemde durchlöchert, war aber nicht
in den Leib gedrungen, sondern fand sich in der
Tasche meines Beinkleides vor. Professor Langenbeck legte mir auf dem Kampfplatz den Verband
an und untersagte die Fortsetzung des Kampfes.
Da die Wunde nicht heilen wollte, ließ ich acht
Tage später den Professor zu mir bitten. Hier erfuhr ich zu meiner Ueberraschung, daß meine Verwundung einen ganz absonderlichen Fall constituire,
den Langenbeck als einen der merkwürdigsten, als
einen solchen, der vielleicht in hunderttausend Fällen
nicht wieder vorkommt, in seinen Annalen verzeich-
net hat. Der Professor erklärte dies in folgender
Weise: „Wie aus der Rundung des durch die

Kugel in Kleidung und Hemb geschlagenen Loches
hervorgeht, ist die Kugel ungefähr eine Spanne
weit in den Körper eingedrungen gewesen, und
dann durch die Widerstandskraft des sich genau
an diesem Punkte concentrirenden Muskelsystems
wieder zurückgeworfen worden. Einen Centimeter
höher, tiefer oder seitwärts, oder einen Schritt
näher, so war der Tod unausweichlich." Ohne eitel
zu sein, ist es mir doch eine Genugthuung, die me=
dicinisch=chirurgischen Annalen des berühmten Pro=
fessors um einen interessanten Fall bereichert zu
haben.

Es folgen nun einige vergleichsweise ruhige
Jahre, von 1857—1861, die ich mit meiner Frau
in Genf verlebte, wo wir mit den Familien
Revilliod, Saussure, James Fazy, Simon, Karl
Vogt, Bovy=Lisberg u. A. verkehrten. Auch Klapka,
Teleky, Almássy wohnten zeitweise dort. Wir
machten eine Reise nach England und fixirten uns
im Frühjahr 1862 in Paris.

Von meinen näheren Bekannten aus den Krei=
sen der Emigration residirte damals nur Einer noch
in Paris, der Oberst Nicolaus Kiss de Nemeskér.

Er hatte eine in jeder Beziehung ausgezeichnete Dame aus der großen Pariser Gesellschaft ge= heirathet, und nahm schon damals in letzterer eine sehr geachtete Stellung ein. Ich hatte mich von activer Betheiligung an der Politik bisher fern ge= halten. Meine politische Thätigkeit hatte sich dar= auf beschränkt, daß ich 1859 einige Broschüren und Zeitungsartikel gegen Oesterreich schrieb. Von dem Stande der Dinge in Ungarn, von unsern Aus= sichten oder Nichtaussichten auf Hilfe durch fremde Regierungen war ich nichtsdestoweniger immer ziem= lich gut unterrichtet, kannte z. B. auch die Ab= machungen von Plombières, zwischen Kaiser Napo= leon und Cavour, lange Zeit früher, ehe man in den Cabinetten Europa's Näheres darüber wußte. Durch Kiß zuerst erfuhr ich von den auffälligen Alluren des preußischen Gesandten Herrn v. Bis= marck, der in kleinerem Cirkel seiner Oesterreich feindlichen Gesinnung unverhohlen Ausdruck gab. Noch kürzlich hatte er, nach einem Diner bei dem Minister der auswärtigen Angelegenheiten, Herrn Thouvenel, einem Verwandten der Frau von Kiß, sich in Gegenwart einiger Personen geäußert, es

7 *

wäre seine Mission, Neu=Oesterreich zu zerstören,
die Schmach von Olmütz auszuwetzen, den dünnen
Leib Preußens umfangreicher zu machen. Aus an=
deren Quellen wußten wir, daß der König von
Preußen ihm schon einmal die Leitung der aus=
wärtigen Angelegenheiten angetragen hatte, daß aber
Bismarck den Posten ablehnte, weil der König ihm
nicht „freie Hand gegen Oesterreich" hatte gewähren
wollen. Hier also eröffneten sich für uns Aussichten,
wenn auch vorläufig noch sehr entfernt scheinende.
Es war schon seit 1850 immer meine Ansicht ge=
wesen, — Andrássy erinnert sich dessen vielleicht
noch, obwol er mich damals verlachte — daß
Ungarn weder durch Frankreich noch durch Italien
seine gesetzliche Freiheit wiedererlangen werde, son=
dern nur durch Preußen, wenn dieses einmal zur
Erkenntniß seiner nationalen Aufgabe in Deutsch=
land käme, und sich mächtig genug zeige, um sie
durchzuführen.

Der kaum gehoffte Fall schien plötzlich in
naher Aussicht zu stehen. Das Ministerium Hohen=
zollern hatte demissionirt, Bismarck war nach Ber=
lin berufen und vom Könige zum Ministerpräsi=

benten ernannt worden. Wenige Tage barauf sollte
er nach Paris kommen, um bem Kaiser Napoleon
sein Abberufungsschreiben zu übergeben. Der Mo=
ment zum Handeln war gekommen. — Ich burfte
annehmen, baß Herr v. Bismarck wisse, wer ich
sei. Sechs Jahre früher, während einer kurzen An=
wesenheit von mir in einigen gesellschaftlichen Krei=
sen zu Frankfurt a. M., war mit mir ein ganz
ähnlicher Fall eingetreten, wie der mit Paul
Ezterházy in London. Der österreichische Bundes=
tagsgesanbte hatte verlangt, baß ich mich ihm
vorstellen lasse; ich hatte bies geweigert, n i ch t aus
Ueberhebung oder Leidenschaftlichkeit, sondern ein=
fach barum, weil ich mich nicht in eine falsche
Stellung bringen wollte. Statt mich einfach zu
ignoriren, hatte Se. Erlaucht erklärt, in keiner Ge=
sellschaft erscheinen zu wollen, zu der ich gelaben
wäre. Die Dinge kamen so weit, baß der fran=
zösische Gesandte Graf von Montessuis beim Kaiser
Napoleon anfragte, ob er meine Einlabung auf=
recht halten solle oder nicht, und mir die be=
jahende Antwort selbst überbrachte. Ich lehnte die
Einlabung gleichwol ab, weil ich die Frankfurter

jungen Damen nicht um eine Menge guter Tänzer, die österreichischen Officiere, bringen wollte, denen es sonst untersagt gewesen wäre auf dem Balle zu erscheinen. Natürlich erstatteten sämmtliche Gesandte über diese Vorfälle Berichte an ihre Höfe. Bis= marck war zu jener Zeit von Frankfurt abwesend, mußte aber wol bei seiner Rückkehr von den Dingen unterrichtet worden sein, schon durch seine Gemahlin, der ich präsentirt worden war. Genug, ich konnte vermuthen, daß mein Name und meine Stellung dem Herrn v. Bismarck nicht ganz un= bekannt sei. Ich richtete also ein Schreiben an ihn, worin ich sagte, wenn es wahr sei, was man von ihm erzähle, daß er ein Feind von Oesterreich sei, dieses mit Krieg überziehen wolle, wenn ferner er nicht blos ein preußischer Felix Schwarzenberg, sondern ein deutscher Cavour zu sein gedenke, dann könne er auf die redliche und nützliche Mitwirkung Ungarns rechnen. Für diesen Fall stelle ich mich ihm zur Verfügung, behufs Einleitung der weiteren Schritte mit den maßgebenden Personen unter meinen Landsleuten. Diesen Brief gab ich am

Tage vor der Rückkehr Bismarck's im Gesandt=
schaftshôtel ab.

Am zweiten Tage nach der Abgabe des Briefes
wurde ich früh 5 Uhr aus dem Schlafe geweckt,
durch einen Leibjäger, der sich sehr ängstlich ver=
gewißerte, ob ich auch wirklich Derjenige wäre, den
er suche. Er sagte mir dann, daß der preußische
Ministerpräsident mich ersuchen lasse um 8 Uhr
früh bei ihm zu erscheinen. Zur bestimmten Stunde
trat ich bei Herrn v. Bismarck ein, der damals
am ersten Anfange seiner glänzenden aber mühe=
vollen Laufbahn stand. Der Minister entschuldigte
sich vorerst, mich im Schlafrock zu empfangen, er
sei jedoch erst um 4 Uhr früh von dem Feste
zurückgekehrt, zu dem ihn Kaiser Napoleon nach
St. Cloud geladen hatte. Er bedaure auch, daß
er mich zu so früher Stunde habe zu sich bitten
müssen, doch er sei durch die zärtliche Fürsorge
Metternich's (des österreichischen Botschafters) von
Spionen umgeben, wünschte aber, daß ich von
diesen nicht bemerkt würde. Herr v. Bismarck ließ
sich nun von mir die Zustände Ungarns und die
hervorragendsten Persönlichkeiten der Emigration

und des Landes schildern. Auf seine Frage, auf
welche Art wir zu so genauer Kenntniß der Verhältnisse sowol bei Hofe als in der Administration
und im Heere kämen, setzte ich ihm auseinander,
daß sich dies einerseits daraus erkläre, daß ein
großer Theil unserer Emigrirten den obersten Classen
der Gesellschaft angehörte, die sowol bei Hofe wie
auch im Heere Verwandte und gute Freunde hätten,
und andererseits daraus, daß die patriotisch gesinnten Männer im Lande jede Gelegenheit benutzten,
um uns von den dortigen Vorgängen auf dem Lau-
fenden zu erhalten. Bismarck kam nun zu dem
Punkt, der uns zusammengeführt hatte. „Ihre Vor-
aussetzungen sind richtig. Ich habe mir zum Ziele
gesetzt, die Schmach von Olmütz zu rächen, dieses
Oesterreich niederzuwerfen, das uns auf das Un-
würdigste behandelt, uns zu seinem Vasallen er-
niedrigen möchte. Ich will Preußen aufrichten,
ihm die Stellung in Deutschland schaffen, die ihm
als rein deutschem Staate gebührt. Ich verkenne
nicht den Werth, den die Hilfe Ungarns für uns
haben kann, und ich weiß, daß die Ungarn nicht
Revolutionäre sind in dem gewöhnlichen Sinne des

Wortes. Uebrigens hat ja schon der große Fritz
mit unzufriedenen ungarischen Magnaten wegen
eines Bündnisses unterhandelt. Wenn wir siegen,
so wird auch Ungarn frei werden. Verlassen Sie
sich darauf."

Ich erlaubte mir die Frage, wie er sich die
Neutralität Frankreichs werde sichern können, welches
jedenfalls Gebietsabtretungen verlangen werde. „Darüber habe ich keine Sorge mehr," antwortete Bismarck mit jener Offenheit, die seither ihm so gute
Früchte getragen hat. „Ich habe heute Nacht zwei
Stunden mit dem Kaiser conferirt und die Zusage
unbedingter Neutralität von ihm erhalten. Er
sprach mir allerdings von einer kleinen Grenz-
berichtigung, wie er es nannte; er wollte das
Saarbrückner Kohlenbecken haben. Ich erklärte
ihm aber rund heraus, daß wir nicht ein einziges
Dorf hergeben, denn wenn ich es selbst wollte, so
würde mein König nie darein willigen. Darauf
gab der Kaiser die Zusage. Er hält uns aber für
schwach, oder überschätzt die Oesterreicher; er warnte
mich mehrere Male. Als er mich trotz seiner
Warnung guten Muthes sah, sagte er: „Thun Sie,

was Sie nicht lassen können." — Herr v. Bis=
marck forderte mich nun auf, ihm von Zeit zu
Zeit Berichte über den Gang der Dinge und über
die Verhältnisse in Ungarn einzusenden, doch möchten
dieselben so verfaßt sein, daß er sie dem Könige
vorlegen könne. Aber wie sollte ich ihm die Be=
richte auf sichere Weise zukommen lassen, so daß
sie vor indiscreten Blicken bewahrt blieben? „Halt,
jetzt weiß ich," rief Bismarck, „hier ist ein braver
durchaus verläßlicher Mann, unser Consul Dr.
Bamberg, den werde ich Ihnen schicken. Er thut
seine Depeschen in einen eigenen Sack, der erst in
Berlin geöffnet wird." Damit war die Unter=
redung zu Ende, ich aber — ich war plötzlich,
und zum ersten Male im Leben, zum Conspirator
geworden.

Ich beeilte mich, meine politischen Freunde
von dem Inhalt dieser Unterredung in Kenntniß
zu setzen. Die gewünschten Situationsberichte sandte
ich an Herrn v. Bismarck während ungefähr eines
Jahres ein, wo ich dann durch äußere Umstände
daran verhindert wurde. Ich mußte nämlich wegen
einer schweren Krankheit meiner Frau dieselbe im

Herbst 1863 nach Nizza führen und den Winter daselbst zubringen. Im Frühjahr 1864 begaben wir uns nach Bex in der Schweiz. Anfang Juni forderte mich General Klapka auf, eine Mission nach Bukarest, zum Fürsten Couza, zu übernehmen. Ein Angriff auf Oesterreich wurde in Italien vor= bereitet. Garibaldi sammelte seine Schaaren, die Regierung lieh dem Plane ihre geheime Unter= stützung, Kaiser Napoleon wußte darum. Meine Aufgabe sollte sein, vom Fürsten von Rumänien die Herausgabe jener 30,000 Gewehre zu erwirken, welche Kaiser Napoleon uns im Jahre 1859 für den von Rumänien aus geplanten Angriff über= lassen hatte. Große Vorsicht war geboten, um nicht zu frühe die Aufmerksamkeit der österreichischen Regierung zu erwecken. Dem Charakter Couza's war wenig zu trauen; man hielt ihn sogar für fähig zum Verräther an unserer Sache zu werden. Meine Mission sollte deshalb durch den Anschein eines finanziellen Geschäftes verdeckt werden. Ich erhielt zu diesem Zweck, durch die Vermittlung von James Fazy, dem Präsidenten der Republik Genf, von dem Crédit foncier de France eine Vollmacht

zur Negocirung eines Staatsanlehens mit Ru=
mänien.

Das gegen Oesterreich beabsichtigte Unter=
nehmen hatte nach meiner Meinung gar keine Aus=
sicht auf Erfolg. Ich bin auch der Ueberzeugung,
daß die Connivenz der italienischen Regierung keine
andere Ursache hatte, als das Bedürfniß sich mit
der Actionspartei nicht zu verfeinden. Vor der
Gefahr österreichischer Eroberungen in Italien hielt
man sich durch den Umstand gesichert, daß Frank=
reich diese nicht gestatten könne. Dagegen zog man
aus dem Unternehmen, für welches man keine Ver=
antwortung übernahm, den indirecten Vortheil,
Oesterreich nicht zur Ruhe kommen zu lassen, seine
zerrütteten Finanzen noch tiefer zu erschüttern.

Ich trat die Reise Ende Juni an. Meine
Frau bis München begleitend, von wo sie nach
Ungarn zu meiner alten Mutter und zu meinen
Kindern reiste, begab ich mich über Paris nach
Marseille und schiffte mich auf einem großen
Dampfer der méssageries impériales nach Constan=
tinopel ein. Die Ueberfahrt war wunderbar schön.
Ehe man nach Messina kommt, passirt man die

Liparischen Inseln, deren Eine, die Insel Strom=
boli, eine Art Vulkan hat, der zwar keine Asche
auswirft, sich aber durch Ausströmen einer mehrere
Meter hohen Flamme kennzeichnet. Der Dampfer
legte zwei Mal an, einmal in Messina, dann im
Pyräus. Hier benutzte ich den dreistündigen Aufent=
halt zu einer Rundfahrt durch Athen, bestieg die
Akropolis und weidete mich an dem herrlichen Aus=
blick, den man von dort auf das Meer und auf die
dasselbe im Halbkreis umziehenden Hügelketten hat.
In Constantinopel angekommen, war mein erster
Ausgang der zum französischen Botschafter, dem=
selben Marquis de Moustier, mit dem ich schon von
Berlin her näher bekannt war. Er war so artig,
mir sogleich eine Einladung zu dem großen Feste
zu verschaffen, das am selben Abend beim Groß=
vezier Ali Pascha in seiner Sommerwohnung in
Bebek, zu Ehren der Geburtstagsfeier des Sultans
stattfand. Mit Dank nahm ich auch sein An=
erbieten an, ihn in dem großen, mit zwölf Ruderern
bemannten Gesandtschafts=Kaik zum Feste zu be=
gleiten.

Die Wasserfahrt nach dem eine Stunde weit

entfernten Bebek war feenhaft schön. Die vier
Städte Stambul, Pera, Skutari und Galatha,
welche zusammen Constantinopel bilden und in
malerischer Lage die Hügel der beiden Bosporus=
ufer krönen, waren glänzend beleuchtet; die zahl=
losen Schiffe waren beflaggt und ebenfalls hell
erleuchtet, einige von ihnen ließen auch Raketen
aufsteigen; hunderte von Kähnen, mit Gästen oder
mit Neugierigen gefüllt, durchkreuzten den Wasser=
spiegel. Es war ein Anblick wie aus dem Märchen
von Tausend und Einer Nacht. Dieser Glanz
wurde noch überboten durch die orientalische Pracht
des Festes selbst. Hunderttausende von Flammen
und Lampen in verschiedensten Farben und Formen
verbreiteten hier wahre Tageshelle im Garten und
in den weiten, mit allem Luxus ausgestatteten
Wohnräumen. Das prächtigste Schaustück war
das große schwer goldene Zelt des Sultans, unter
welchem die Erfrischungen im Garten gereicht wur=
den. Dies Zelt soll vom Sultan Soliman her=
stammen und mehrere Millionen Goldwerth haben.
Den besten Reiz jedoch verliehen dem Feste die
schönen schlanken griechischen Frauen, die sich in

großer Zahl und ungenirt umherbewegten. Alles was Constantinopel an nicht-mahomedanischen weiblichen Schönheiten besaß, war zu dem Feste erschienen. Die kohlschwarzen Augen und Haare der Griechinnen contrastirten wunderbar mit der zarten Rosafarbe ihres Busens und dem fast durchsichtigen Weiß ihrer leichten Ballroben. Dem Großvezier wurde ich durch Moustier vorgestellt und lernte eine andere interessante Persönlichkeit in Omer Pascha, dem bekannten Feldherrn, kennen.

Die nächsten Tage benutzte ich zur Besichtigung der Sehenswürdigkeiten von Stambul, und machte mit Baron Steffens, mit dem ich abermals zusammentraf, einen Spazierritt nach der Platane Gottfrieds von Bouillon, welche der Sage nach von diesem gepflanzt wurde. Der mächtige Baum ist schon ganz ausgehöhlt, und man behauptet, daß 6 oder 7 Männer in seinem Innern bequem Raum haben.

Mein Aufenthalt in Constantinopel war von kurzer Dauer. Nach sechs Tagen bestieg ich einen französischen Dampfer, der mich durch das schwarze Meer nach Galatz führte. In Galatz hatte ich

Depeschen an den italienischen Consul und Briefe
für andere Personen abzugeben. Welch trauriger,
schmutziger Ort, dieses Galatz! Die Weiterreise
auf der Donau, bis Ghurgiewo, war nur auf einem
österreichischen Dampfer möglich. Der Consul warnte
mich davor, denn wenn der Capitän Verdacht
schöpfe, sei meine Verhaftung gewiß. Der Landweg
war aber sehr langwierig und beschwerlich; ich
wählte den Dampfer mit dem Entschluß, im Falle
der Noth in die Donau zu springen, was bei der
ungeheuren Breite des Stromes mein Leben nicht
gerettet hätte, wol aber meine Papiere. Auf dem
Dampfer befand sich der Harem des Paschas von
Rustschuk, der schon von Constantinopel aus mit-
gekommen war. Die Frau des Paschas, etwa 25
bis 26 Jahre alt, war eine Circassierin von großer
Schönheit. Ich kam ungefährdet in Ghurgiewo
und in Bukarest an.

Der italienische Generalconsul in Bukarest,
Cavaliere Strambio, ein Lebemann voll Witz und
Verstand und glühender Patriot, war von meiner
Ankunft durch seine Regierung schon avertirt. In
zuvorkommendster Weise stellte er mir seinen Rath

und Dienste zur Verfügung, die mir beide von großem Werthe waren.

Der Ausführung meines Auftrages hatte sich inzwischen ein ganz unerwartetes Hinderniß entgegengestellt. Vierundzwanzig Stunden vor meiner Ankunft war ein Ungar verhaftet worden, dessen saisirte Papiere eine Conspiration mit Mazzini nachwiesen und unter Anderen auch einen Brief an Couza enthielten, worin dieser mit dem Tode bedroht wurde, wenn er sich der Action gegen Oesterreich nicht anschlösse. Unter solchen Umständen war wenig Aussicht für mich, bei Couza eine günstige Aufnahme zu finden; ich mußte fürchten, daß er einen geheimen Zusammenhang zwischen mir und jenem Individuum vermuthe. Es war mir überdies bekannt, daß von der Stunde meiner Ankunft an zwei Detectives mit meiner Ueberwachung beauftragt waren. Ich telegraphirte — natürlich chiffrirt, durch Vermittelung von Strambio — meinen Auftraggebern, daß mir der Moment zur Ausführung des politischen Theiles meiner Mission nicht günstig scheine und ich um neue Verhaltungsmaßregeln bäte. In der Antwort

wurde meine Ansicht gebilligt, mir aber auf=
gegeben, bis auf weitere Ordre in Bukarest zu
bleiben. Ich trat nun mit dem Ministerpräsi=
denten, Herrn Kogolniceano, in Unterhandlung
wegen des projectirten Staatsanlehens.

Das gesellige Leben, die Sitten in Bukarest
waren in jener Zeit, und sind vielleicht noch, ein
eigenthümliches Gemisch von französischer Cultur
mit orientalischen Gewohnheiten. Wenn ich ein
Sittenbild von dort entwerfen wollte, so hätte ich
des Stoffes genug für ein ganzes Buch. Ich war
mit dem gewesenen Caimakam, dem alten Fürsten
Cantakuzen, näher befreundet worden. Er galt bei
allen Parteien als eine der achtbarsten und ehren=
werthesten Persönlichkeiten des Landes. Oft bei
ihm zum Diner geladen, pflegte er nach der Mahl=
zeit eine Spazierfahrt mit mir nach der Chaussée,
dem Bukarester Bois de Boulogne, zu unternehmen,
wobei er über die zu Wagen oder zu Pferde vor=
beipassirende Gesellschaft interessante Glossen machte.

Fünf lange Wochen waren vergangen, bis ich
die Abberufungsordre bekam. Der projectirte An=
griff auf Oesterreich war für dies Jahr aufgegeben.

Ich schrieb an Kogolniceano, ich wolle Rumänien
nicht verlassen, ohne dem Fürsten meine Aufwar=
tung gemacht zu haben, und bäte ihn, mir eine
Audienz zu verschaffen. Kogolniceano brachte mir
die Nachricht, der Fürst, der damals in dem Land=
schloß neben Bukarest wohnte, erwarte mich um 4 Uhr.

Der Empfang war äußerst liebenswürdig.
Couza zeigte sich zu meinem Erstaunen von Allem
sehr genau unterrichtet, auch davon, daß ich aus
politischen Gründen, nicht aber des Anlehens wegen
nach Bukarest gekommen wäre. Trotz meines Leug=
nens blieb er bei dieser Meinung. Er setzte gleich
hinzu, er kenne meine Stellung in der Emigration
und wisse, daß ich wie meine politischen Freunde
nichts mit jener Partei gemein hätten, die ihre
Pläne mit Gift und Dolch verfolgt. Er sprach
dann über die Schwierigkeit seiner Stellung zwi=
schen Rußland, Oesterreich und Frankreich, die ihn
nöthige, fortwährend, sowol nach Außen wie im
Innern, eine politique de jeu de bascule zu ver=
folgen. Er gab mir die wärmsten Versicherungen
seiner Gefühle für Ungarn und trug mir Grüße
an Klapka und den Prinzen Napoleon auf.

Trotz aller Freundschaftsversicherungen spielte mir Couza doch einen Streich, noch vor meiner Abreise. Es lag in seiner Natur, keine Gelegenheit vorübergehen zu lassen, um sein jeu de bascule in Anwendung zu bringen. Es wäre zu lang, den Zwischenfall zu erzählen, der zu einem längeren Notenwechsel zwischen den Großmächten geführt hat. Nur sei erwähnt, daß mir die Genugthuung einer Revanche wurde. Am Vorabend meiner Abreise machten mir nämlich die Brüder Rosetti und noch ein dritter Gentleman vertraulich die Mittheilung, daß man Couza sofort beseitigen würde, wenn man nicht fürchtete, damit Frankreichs Protection einzubüßen. Ich wurde gebeten, dieserhalb die Stimmung der maßgebenden Kreise in Paris zu sondiren. Die Gelegenheit dafür fand sich, als ich bei meiner Rückkehr in die Lage kam, dem französischen Minister des Aeußeren, Herrn Drouyn de L'huys, einen persönlichen Bericht über Couza und die politischen Verhältnisse in Rumänien zu erstatten. Der Minister ermächtigte mich die Herren zu benachrichtigen, „daß Frankreich gar keinen Werth auf die Person von Couza lege, mit dem unzufrieden zu

sein es mehrere Gründe habe." Ein Jahr darauf
war Couza in der That entthront.

Beim Rückweg nach Constantinopel benutzte
ich die Eisenbahn von Kustendscha nach Varna.
Ich hielt mich in Constantinopel diesmal nur zwei
Tage auf, um Geld zu erheben. Graf Corti, heute
ein hochgestellter Diplomat, brachte mir die 2000
Frcs., die ich nachverlangt hatte, an Bord des
Dampfschiffes, das mich nach Europa zurückführte.
Bei dieser Gelegenheit halte ich es nicht für über-
flüssig, zu erwähnen, daß meine Orientreise die
einzige war, für welche ich jemals Geld empfing,
und zwar 10,000 Frcs. Die Kosten aller anderen
Reisen, die ich vorher oder nachher im Interesse der
vaterländischen Sache machte, habe ich sämmtlich
aus eigener Tasche bestritten.

Mein Weg führte mich nach Turin; ich verließ in Messina den Marseiller Dampfer, ging für
einige Tage nach Neapel und Pompeji und dann
über Livorno nach der Residenz des Re galantuomo.
Meine Berichterstattung an Herrn Visconti-Vinosta
erforderte nicht lange Zeit. Ich verließ Turin, um

in Genf den General Klapka zu treffen und mit
ihm nach Paris zu gehen.

Im November 1864 hatte ich die große Freude,
meine gesammte Familie wiederzusehen; ein Käufer
hatte sich für mein Besitzthum im Zempliner Co=
mitat gefunden, was mir gestattete, die Meinen
nun bei mir zu haben. Ich etablirte dieselben in
der Südschweiz, erst in Bellevue bei Genf, später
in dem lieblichen Bex. Mich riefen geschäftliche Be=
ziehungen im nächsten Jahre 1865 häufig nach Paris
und Brüssel.

Während einer meiner Anwesenheiten in Paris
wurde mir das Vergnügen, den Dr. Bamberg
wiederzusehen, der mich im Auftrage von Bismarck
aufforderte, diesem wieder Situationsberichte über
Ungarn einzusenden. Die Conflictsperiode in Preu=
ßen stand zu jener Zeit in voller Blüthe. Bismarck
arbeitete mit Dampf an der Durchführung der
Armeereorganisation und trat dem widerstrebenden
Landtage mit einer Schroffheit entgegen, die nichts
zu rechtfertigen schien. Ich weigerte mich, weitere
Beziehungen zu ihm zu pflegen. Ich war kurz=

fichtig, ich gestehe es, war kurzfichtig mit Millionen
Anderen zugleich. Gerade die Conflictsperiode
— die schwerste Zeit vielleicht seines Lebens —
ist eben darum sein schönster Ruhm. In ihr be=
kundete Bismarck mehr denn je die Stärke seiner
Ueberzeugungen, die Kraft seines moralischen Muthes
und seiner Ausdauer. Gleich einem Stück Eisen
zwischen zwei Mühlsteinen stand er aufrecht zwischen
dem Könige, bei dem man ihn als Revolutionär
verdächtigte, und dem Parlamente, in welchem er
nur Ausdrücken des Hasses und der Mißachtung
begegnete. Man hat Bismarck oft mit Cavour
verglichen. Dieser Vergleich kann nur insoweit
gelten, als es sich um die gleichen patriotischen
Ziele handelt, die beide verfolgten, und um das
Genie, mit welchem beide an der Erreichung ihrer
Ziele arbeiteten. Die Schwierigkeiten aber, welche
Bismarck zu überwinden hatte, stehen außer jedem
Vergleich. Cavour war getragen von der öffentlichen
Meinung, von dem unbedingten Vertrauen seines
Königs und des Parlamentes. Bismarck dagegen
entbehrte dieser mächtigen Hebel, mußte die hohen
Ziele, die er anstrebte, Jahre lang tief in seiner

Bruſt verſchließen, ſeine Kraft im Kampfe mit
Unpopularität und Mißtrauen aufreiben.

Das Jahr 1866 war angebrochen, und mit
ihm der Morgenſchein jener neuen Geſtaltung in
der politiſchen Lage Oeſterreichs, durch welche die
Monarchie auf natürliche Grundlagen geſtellt wurde,
und damit ihre Lebensfähigkeit und Machtfülle
wiedergewann. Die Ceſſion von Venedig und die
Ausſcheidung aus dem deutſchen Bunde, waren für
die Habsburg-Lothringiſche Monarchie von der-
ſelben Bedeutung, wie für den menſchlichen Körper
die Ausſcheidung von Krebsgeſchwüren.

Der Entſchluß Bismarck's, in dieſem Jahre
den großen Coup zu führen, war uns ſeit dem
Frühjahr bekannt. Die Vorbereitungen wurden
im Stillen getroffen; General Klapka ward mehrere
Mal zu Conferenzen nach Berlin berufen, endlich
ward auch die Errichtung einer ungariſchen Legion
autoriſirt, deren Organiſator Graf Theodor Cſáky
war. Man hat dem Herrn von Bismarck in
Preußen ſchwere Vorwürfe wegen dieſer „revolutionären" Maßregel gemacht. Gewiß ſehr mit
Unrecht! Diejenigen, die ihn tadeln, erinnern ſich

weder der eigenen preußischen Geschichte, noch tragen sie der ungeheuren Verantwortung Rechnung, welche Bismarck durch den von ihm allein provocirten Krieg, dem Könige und dem Vaterlande gegenüber auf sich nahm. Warum sollte Bismarck wählerischer in seinen Mitteln sein, als der Begründer der preußischen Macht, als Friedrich der Große? War nicht Friedrich selbst ein Rebell gegen Kaiser und Reich gewesen? Von Kaiser und Reich in Bann und Acht erklärt worden? Hatte nicht auch er mit unzufriedenen Ungarn unterhandelt? Ungarische Ueberläufer in seine Armee aufgenommen? In dieser Hinsicht war also ein Präcedenz von hoher Autorität vorhanden.

In diese Zeit fällt ein die Situation bezeich= nender Ausspruch des preußischen Kriegsministers von Roon. Dieser, dann General Moltke, und eine dritte Person befanden sich zur Besprechung des Feldzugsplanes bei Herrn von Bismarck. Während der Conferenz erhielt Letzterer die telegraphische Meldung, daß die hannöverschen und hessischen Truppen nach Süden abmarschirten. „Gott sei Dank," rief Roon, „nun sind wir die kleinen K.....

los, denn nun kann unser König nicht mehr
zurück."

Bei Ausbruch des Krieges befand ich mich,
durch Geschäfte zurückgehalten, noch in Paris;
meine Abreise zur Legion war für den 5. Juli
festgesetzt. Als ich am Vormittag dieses Tages
ausging, hatte ganz Paris geflaggt wegen der Cession
Venedigs an Napoleon III. Ich begab mich nach
dem Palais royal, mich beim Prinzen Napoleon zu
verabschieden. Der Prinz war eben vom Kaiser
gekommen und in sehr erregter Stimmung. „Gut,
daß Sie kommen," rief er, „Sie müssen uns einen
Gefallen thun." Der Prinz bat mich, direct nach
dem Hauptquartier des Königs von Preußen zu
gehen. Bismarck vor einem voreiligen Frieden oder
Waffenstillstand zu warnen; Oesterreich sei im Un=
glück geschmeidig, im Glücke rachsüchtig und grau=
sam; werde es nicht gänzlich niedergeworfen, so
werde es schwere Vergeltung seiner Zeit üben,
wenn ihm das Glück der Waffen günstig ist. Oester=
reich habe schon vor Ausbruch des Krieges nach
Paris bekannt gegeben, daß Schlesien sein Sieges=
preis sein werde, und daß alle seine deutschen

Bundesgenossen — es waren ihrer nicht wenige! —
Länderentschädigungen aus dem Leibe Preußens er=
halten müßten. Während einer halben Stunde be=
mühte sich der Prinz darzuthun, daß er weniger
im eigenen Namen, als in Kenntniß der intimen
Wünsche des Kaisers handle, welcher in Folge der
übernommenen Vermittlerrolle officiell zum
Frieden rathen müsse. Bismarck möge sich erinnern,
daß der Kaiser sich früher in Italien schon zwei
Male des Prinzen zu solch' confidentieller Politik
bedient habe. — Die Hauptpunkte des Auftrages in
ein kleines rothes Carnet notirend, welches mir
später zum Retter in ernster Gefahr wurde, ver=
ließ ich den Prinzen, eilte auf die preußische Ge=
sandtschaft, um einen Paß nach Berlin zu erbitten
(den ich durch den Botschafter Grafen Goltz auch
gleich ausgefolgt erhielt), und reiste am 5. Juli
Nachmittags 5 Uhr ab.

Der Weg war ein weiter und beschwerlicher.
Auf der dreitägigen Fahrt von Paris nach Par=
dubitz in Böhmen fand ich nur zweimal Zeit und
Gelegenheit, etwas Warmes zu genießen, ein Co=
telett in Minden, und drei Eier, die mir ein preu=

ßischer Hauptmann freundlichst gab, in Gitschin.
Unterwegs hatte ich an das auswärtige Amt die
Bitte telegraphirt, mir zur Weiterreise einen Paß
vom Kriegsministerium zu erwirken. Am 6. Juli
Abends 10 Uhr in Berlin angekommen, übergab
mir Herr Lothar Bucher den verlangten Paß und
chiffrirte ein Telegramm an Herrn von Bismarck,
worin ich diesem den Zweck meiner Reise angab.
Ich hatte darauf gerechnet, auf dem schlesischen
Bahnhofe noch Zeit zu einem Imbiß zu finden,
ich kam jedoch so knapp zu dem um 11 Uhr ab=
gehenden Zuge zurecht, daß mir nicht ein Augen=
blick Zeit blieb, meinem knurrenden Magen Be=
friedigung zu gewähren. In Görlitz am Morgen
des 7. Juli angekommen, dankte ich es der Inter=
vention eines als Courier reisenden Feldjägers,
einen Platz in dem abgehenden Postwagen zu er=
halten. Abends, in Gitschin, gab es eine Viertel=
stunde Zeit; im Gasthof war gar nichts Eßbares
zu haben, doch half mir, wie gesagt, der artige
Hauptmann. Am frühen Morgen des 8. Juli
fuhren wir durch Sadowa und über das noch viel=

fach mit Leichen bedeckte Schlachtfeld; einige Stun=
den später trafen wir in Pardubitz ein.

Ich gestehe, daß mir der Gang zu Bismarck
einige Beklemmung verursachte. Er stand jetzt in
voller Glorie da, und ich hatte nicht lange vorher
jede weitere Beziehung zu ihm abgelehnt! Wenn
er sich dessen erinnerte, so konnte ich auf einen recht
unfreundlichen Empfang gefaßt sein. Ich tröstete
mich damit, daß er zu hoch stehe, um Rancune zu
üben. Meine Vermuthung war richtig. Bismarck
war in seiner Behausung nicht anwesend, er war
zum Könige gegangen. Auf dem Platze vor dem
einstöckigen Gebäude, in welchem der König logirte,
waren eine Menge Generale versammelt. Von der
Reise ermüdet, setzte ich mich nicht weit davon auf
einen Stein nieder, um Bismarck zu erwarten.
Der Oberst von Stiehle trat an mich heran, mich
nach meinem Namen und Begehr fragend. Die
Herren waren offenbar begierig, Etwas aus Paris
zu hören, denn gleich darauf wurde ich dem Prinzen
Carl von Preußen und den anderen Generalen vor=
gestellt, die sich sehr über die Pariser Bevölkerung
amusirten, die ihre Häuser beflaggt hatte, ohne

daß französische Waffen einen Sieg erfochten hätten. Da erschien Bismarck mit dem Kronprinzen. Von allen Seiten ehrerbietig begrüßt, schritt die hohe Gestalt des in bescheidene Majorsuniform gekleideten Herrn von Bismarck wie Gott Jupiter einher, links und rechts die Grüße erwidernd. Allmälig hatte Se. Excellenz sich auch meiner Wenigkeit genähert und mich aufgefordert, ihm nach seiner Wohnung zu folgen.

Kaum hatte ich meine Mittheilung beendet, als Bismarck zum Könige zurückeilte, um zu verhindern, daß der Feldmarschall-Lieutenant Gablenz, der wegen Abschluß eines Waffenstillstandes zum zweiten Male nach dem königlichen Hauptquartier gekommen war, vom Könige empfangen werde. Nach einer Viertelstunde zurückgekehrt, bot mir Bismarck freundlich einen Stuhl. „So, jetzt wollen wir eine Cigarre rauchen," sagte er, mir ein Kistchen Havanna reichend; „Sie haben mich auch für einen Junker, einen Reactionär gehalten. Der Schein trügt. Um meine Zwecke zu erreichen, mußte ich diese Rolle spielen. Beim Könige wurde ich von allen Seiten als verkappter Demokrat ver-

dächtigt. Ich konnte sein volles Vertrauen nur
gewinnen, indem ich zeigte, daß ich auch vor der
Kammer nicht zurückschrecke, um die Armee-Reorga-
nisation durchzuführen, ohne welche der Krieg unmöglich, und selbst die Sicherheit des Staates ge-
fährdet war. Dieser Kampf kostet mich jedoch meine
Nerven, meine Lebenskraft! Aber besiegt habe
ich Alle! Alle!" rief er in prächtigem Zorn, mit
der Hand heftig auf den Tisch schlagend, und nannte
drei weibliche Namen, die ihm besonders viel Aer-
gerniß scheinen bereitet zu haben. Zwei Sieges-
telegramme aus Mitteldeutschland kamen innerhalb
zehn Minuten an. Ich erlaubte mir die Frage,
welches nun das Loos der süddeutschen Länder sein
werde? „Diese Ultramontanen können wir nicht
brauchen," erwiderte der Gewaltige; „auch dürfen
wir nicht mehr schlucken, als wir verdauen können,
denn wir wollen nicht in den Fehler von Piemont
verfallen, das sich durch die Annexion von Neapel
mehr geschwächt als gestärkt hat." Ich wagte noch
die kühne Frage, was mit Böhmen geschehen werde?
„Nun, was wir haben, das behalten wir", war die
Antwort. Zum Glück für Oesterreich und die

Herren Czechen kam dieser momentane Gedanke nicht zur Realisirung.

In Berlin trat ich als Major in die un=garische Legion. Mein ungarisches Patent war vom preußischen Kriegsminister im Namen des Königs bestätigt. Während meines Aufenthaltes in Berlin kam ich mit den Subaltern=Officieren der Legion in fast gar keine Berührung. Ich er=wähne dies ausdrücklich, weil einige Jahre später ein Buch erschien — ich glaube, es heißt „von Custozza nach (?)", — in welchem sich der mir un=bekannte Verfasser den schlechten Scherz erlaubt, mir eine mehrere Seiten lange Tischrede in den Mund zu legen, die ich bei einem Banquet dieser Officiere zu Gunsten des Prinzen Friedrich Karl als künftigen Königs von Ungarn gehalten haben soll. Ich bekräftige mit meinem Ehrenwort, daß an der ganzen Geschichte keine Silbe wahr ist. Ich habe überhaupt gar keinem Banquet beigewohnt. Dagegen that sich wieder ein „Zufall" kund, wie er so oft in meinem Leben eine Rolle spielte. Ich besaß zwei rothe Carnets von gleicher Größe, das eine für Privatnotizen, das andere für politische

Aufzeichnungen bestimmt. In dem letzteren war
der Auftrag des Prinzen Napoleon und die Par=
dubitzer Unterredung mit Bismarck notirt. Vor
dem Ausmarsch der Legion ließ ich einen Theil
meiner Sachen in Berlin zurück. In der Eile des
Einpackens vergriff ich mich, und nahm das Carnet
politischen Inhalts mit mir, statt des anderen.
Diese Verwechselung wurde mir später nützlich.

General Klapka übernahm das Commando über
die nur 2400 Mann zählende, in Schillersdorf
in Oesterreich=Schlesien stationirte Legion. In=
dessen war am 2. August ein Waffenstillstand
zwischen Preußen und Oesterreich abgeschlossen wor=
den. Klapka berief eines Morgens den Kriegsrath,
bestehend aus den Stabsofficieren der Legion und
zwei Nichtsoldaten. Er legte ihm die Frage vor,
ob es der Ehre Ungarns angemessen sei, daß wir
uns hier, wie in Italien, nur als eine Art Vogel=
scheuche sollten brauchen lassen, ohne es zum wirk=
lichen Kampfe zu bringen; er proponire, daß wir,
ohne den Waffenstillstand zu berücksichtigen, nach
Ungarn einmarschiren. Oberst Komáromy und der
eine Nichtsoldat waren dafür; der Letztere plaidirte

sogar sehr warm für den Einmarsch. Wir Andern stimmten sämmtlich gegen den Vorschlag, unser Votum damit motivirend, daß wir Alle schon genug Beweise von Muth gegeben hätten, um eine Verdächtigung nicht fürchten zu müssen, daß es aber ein Verbrechen am Lande wäre, wenn wir durch unsern Einmarsch dort Aufstände hervorriefen, ohne sie mit der nöthigen Macht unterstützen zu können. Der Vorschlag wurde also abgelehnt. Gleichwol ließ General Klapka einige Stunden darauf Allarm blasen, und der Marsch wurde angetreten. Ueber die Ursachen, welche Klapka bestimmten, sich über den Beschluß des Kriegsrathes hinwegzusetzen, mag eine spätere Zeit einmal Aufschluß geben.

Für den mit diesen Ursachen nicht Vertrauten war der Einmarsch eine Donquixotiade. Wir wußten, daß bei 10,000 Mann österreichischer Truppen aller Waffengattungen uns binnen wenigen Tagen gegenüber gestellt werden konnten. Wir hatten keine Kanone, und für die Infanteriegewehre nur 60 Patronen pro Mann! — Beim ersten Nachtquartier ergab sich zu unser Aller Heiterkeit, daß jener Nichtsoldat, der als Civilcommissär in Ungarn fungiren sollte und so warm für den Einmarsch plaidirt hatte, unterwegs umgedreht und dem weniger dornigen Weg nach Paris gefolgt war. Am zweiten Tage überschritten wir die ungarische Grenze, wo wir auf die ersten Uhlanen stießen. Von allen Seiten kamen uns Nachrichten zu, daß österreichische Truppen uns in Eilmärschen ent= gegen kämen. Der eine Zweck unseres Zuges nach Ungarn war indessen erreicht: wir hatten die un= garische Fahne auf dem Boden des Vaterlandes entfaltet. Dies konnte für den Moment genügen. Wir marschirten am nächsten Tage durch einige ungarische Dörfer, in denen sich uns zwanzig un= garische Slovaken als Freiwillige anschlossen, und traten den Rückzug an. Am 7. August in der kleinen mährischen Stadt Rosenau angelangt, glaubten wir uns hinter der Demarcationslinie zu befinden, über deren zweite inzwischen erfolgte Verlegung wir ohne Kenntniß waren. Klapka wählte mich aus, um dem General Stolberg, den wir mit seinem Corps in der Nähe glaubten, von dem Eintreffen der Legion in Rosenau Meldung zu machen. Es war ein unheilvoller Weg, den ich antrat.

9*

In einem offenen Wagen, mit zwei guten Pferden bespannt, fuhr ich Nachmittags 4 Uhr über Frankstadt hinaus. Das Verhängniß, d. h. unsere Unkenntniß von der Demarcationslinie, wollte, daß ich mitten in Feindes Land hineinfuhr. Nach kaum einer halben Stunde sah ich mich von österreichischen Uhlanen verfolgt. Ich ließ den Kutscher, dem ich nicht traute, absteigen, nahm selbst die Zügel und fuhr im Carrière weiter, in der Meinung, bald auf preußische Truppen stoßen zu müssen. Am Fuße des hohen Berges, von dem ich herabfuhr, rieselte ein Bach, an dem ein Dorf lag, in welchem sich zwei Wege kreuzten. Die nördliche Richtung einschlagend, fiel ein Haufe Bauern den Pferden in die Zügel; fast gleichzeitig hatten mich auch einige Uhlanen erreicht. Ich stieg vom Wagen, dem einen Uhlanen meinen Säbel überreichend, da an Widerstand nicht zu denken war. Nichtsdestoweniger stachen zwei von den Uhlanen mit den Lanzen wiederholt nach mir; sie hätten mich niedergestoßen, wäre ich nicht in den vorerwähnten Bach gesprungen, wohin mir nach=zufolgen sie wegen der hohen Ufer zögerten. Wenige

Augenblicke darauf kamen noch zehn oder zwölf
Uhlanen unter Führung eines Wachtmeisters an=
gesprengt, welcher der Verfolgung Einhalt gebot.
Ich trat auf die Straße heraus. Zwei Bauern=
kerle faßten mich unsanft bei den Armen; der in
vollem Galopp ankommende Officier befahl ihnen
mich loszulassen, doch bedurfte es einiger flacher
Säbelhiebe, ehe sie dem Gebote folgten. Die Bauern
waren so fanatisch, daß sie mit Steinen nach uns
warfen, als der Officier sich mit mir in den Wagen
setzte. Der Officier benahm sich in ritterlicher
Weise; er bat sich meine Papiere aus, frug mich
um meinen Namen und nannte mir den seinen:
Oberlieutenant Graf Mittrowsky. (Er besuchte
mich einige Wochen später im Gefängniß; vor
einigen Jahren fiel er in einem Duell in Galizien.)
Wir begegneten unmittelbar darauf dem Ritt=
meister, einem Rheinpreußen von Geburt. Mit=
trowsky erhielt den Auftrag mich nach Teschen zu
führen.

Es ist wol unnöthig zu sagen, daß ich auf
Alles gefaßt war, was nun kommen müsse. Kein
Gott könne hier helfen, davon war ich fest über=

zeugt. Man hatte mich schon 1849 oder 1850 mit
einem Acharnement verfolgt, als wäre ich ein Ni=
hilist; was konnte ich jetzt erwarten, wo ich die
Uniform der verhaßten ungarischen Legion trug!
Ich hatte nur einen Wunsch, den, daß was ein=
mal geschehen müsse, schnell geschehe. — Kurz
vor Mitternacht kamen wir im Teschener Schlosse
an. Mittrowsky ließ mich in ein Zimmer treten, wo
die Adjutanten des dort commandirenden Generals
Breischach schliefen. Der Eine, wenn ich nicht irre,
Hauptmann Bordolo, erhob sich aus dem Bette
und ging mit Mittrowsky zum General hinüber.
Zwei Soldaten mit aufgepflanztem Bajonnet wur=
den neben mich gestellt. Man trug mir nicht ein=
mal einen Stuhl an. Es dauerte lange Zeit, ehe
Bordolo zurückkam. Wie ich später erfuhr, war
während dieser Zeit der gesammte Inhalt meines
rothen Carnets nach Wien telegraphirt worden.
Bordolo sagte mir beim Eintritt: „Sie werden
jetzt in's Stockhaus gebracht; bereiten Sie sich vor,
Morgen früh werden Sie erschossen." „Meinet=
wegen," gab ich zur Antwort, „wenigstens habe ich die
Genugthuung, daß mein Tod Oesterreich eine Pro=

binz kosten wird." „Sie glauben wol, Preußen
wird wegen Ihrer den Krieg wieder anfangen?"
frug Bordolo. „Nein, aber herausgehen wird
es nicht von da, wo es ist," gab ich zurück. Ich
sprach diese Worte mit innigster Ueberzeugung, denn
ich hielt es aus mehreren Gründen für gewiß, daß
Bismarck, falls ihm ein guter Vorwand gegeben
würde, Willens sei, davon geeigneten Gebrauch zu
machen. Bordolo schien durch meine Bemerkung
frappirt, denn er ging sogleich wieder zu Breischach
hinüber. Ich wurde nach dem Militär-Stockhause
abgeführt, mein Geld, Uhr und Ringe wurden mir
abgenommen; das Local, welches man mir zuwies,
war ein elendes kleines Loch mit einer Bretter-
pritsche ohne Stroh. General Breischach kannte
offenbar nicht den bei civilisirten Nationen geltenden
Grundsatz, daß man in der guten Behandlung des
gefangenen Feindes sich selbst ehrt. Die Fatigue
und die Aufregungen des Tages machten, daß ich
auch auf diesem harten Lager bald fest einschlief.

Am Morgen weckte mich das Gerassel der
Thürschlösser, die geöffnet wurden. Ein Officier
trat mit zwei Soldaten ein und rief mich nach

dem Zimmer des Profoßen. Dort erklärte er mir, daß er mich nach Krakau führe, zu diesem Zweck einen Postwagen gemiethet und aus meinem Gelde bezahlt habe; im Uebrigen erkläre er mir, daß ich ihm auf Fragen nur mit Ja und Nein antworten, mit den Soldaten aber kein Wort sprechen dürfe, sonst — er zog einen Revolver aus der Tasche und hielt ihn mir dicht unter die Nase. Mich über= raschte diese Brutalität so wenig, daß ich blos den Blick verächtlich abwandte, aber kein Wort er= wiederte. In der viersitzigen Postkalesche wurde mir ein Platz im Fond angewiesen; der Officier setzte sich mir gegenüber, um, wie er an einen der Soldaten unter abermaliger Vorzeigung des Revol= vers sagte, mich „besser unter der Hand zu haben". Einige fast unglaublich klingende Facta ähnlicher Art, die sich während der ersten Stunden der Fahrt zutrugen, übergehe ich mit Stillschweigen, da ich dem Officier, der vielleicht noch in der Armee dient, und dessen Benehmen, zu seiner Ehre sei es gesagt, sich nach einigen Stunden gänzlich änderte, nicht schaden will. Aus guten Quellen erfuhr ich seither den Zusammenhang der Vorgänge.

Breischach hatte erst die Absicht gehabt, mich sofort
aburtheilen und erschießen zu lassen, so wie mir
Bordolo es anzeigte. Der Inhalt meines Carnets,
der mich nicht blos als einfachen Major, sondern
auch als Träger einer wichtigen diplomatischen
Mission erscheinen ließ, machte ihn unschlüssig; als
darauf Bordolo ihm meine Worte hinterbrachte,
daß meine Hinrichtung Oesterreich eine Provinz
kosten könne, erschreckte er vor dieser Eventualität,
die ihn leicht um seine Stellung bringen konnte.
So beschloß er in kluger Vorsicht, sich die Genug=
thuung meiner unmittelbaren Erschießung zu ver=
sagen. Er hätte mich gern nach Olmütz geschickt,
weil dessen Commandant Jablonski ein besonders
energischer Mann wäre, aber Olmütz war von
den Preußen umschwärmt, die mich hätten befreien
können. Ich wurde also nach Krakau instradirt.
Damit war aber nicht genug gethan. Zur Trans=
portirung wurde ein Officier erwählt, der neun
Jahre lang als Artillerie=Unterofficier gedient hatte,
und vor einigen Tagen erst zum Lieutenant in der
Infanterie ernannt worden war. Diesem ward
der Auftrag „einen Rebellen", der überdies noch ein

„Jude" sei, nach Krakau zu transportiren. Es
wurde ihm die Vollmacht ertheilt, den „Rebellen"
bei dem geringsten auflehnenden Worte nieder=
zuschießen.

Am 9. August trafen wir in der Citadelle
von Krakau ein. Der Profoß wies mir ein
Zimmer an, dasselbe, welches im Jahre 1863 der
bekannte Polenführer Langievics inne gehabt hatte.
Vor die verschlossene Thüre ward eine Schildwache
gestellt, die mich durch ein Guckloch Tag und Nacht
zu beobachten hatte. Truppencommandant in Kra=
kau war der Feldmarschall=Lieutenant von Krziz=
sowski, ein ehrenwerther Soldat, nicht aber ein
blutdürstiger Scharfrichter. Ich wurde in den
nächsten Tagen mehreren kriegsgerichtlichen Ver=
hören unterzogen, in denen ich mich darauf be=
schränkte gegen die kriegsrechtliche Behandlung zu
protestiren. Im Uebrigen hatte ich mich nicht zu
beklagen; die Behandlung war h i e r eine anständige.
Am meisten schmerzte mich, daß mir nicht gestattet
war meiner Familie zu schreiben. Mit dem Pro=
foßen, Feldwebel Pomezny, einem braven, gemüth=
lichen Mann, stand ich auf gutem Fuße. Am

13. August trat er Morgens 6 Uhr, drei Stunden
vor der gewöhnlichen Zeit, in das Zimmer und
sagte mir mit sehr ernstem Gesicht, ich müsse um
8 Uhr — also zu ganz ungewöhnlicher Zeit —
vor dem Kriegsgericht erscheinen. Der sonst immer
freundliche Mann gab mir auf keine Frage Ant=
wort. „Gott sei Dank, wenn die Quälerei heute
ein Ende nimmt," sprach ich zu ihm, als er mich
verließ. Es schlug 8 Uhr, 9 Uhr, 10 Uhr, es kam
Niemand! Endlich, um 12 Uhr, kamen vier Sol=
daten, mich abzuholen. Es wurden mir vor dem
versammelten Kriegsgericht einige Fragen gethan
und darauf wurde ich wieder zurückgeführt. Das
war der peinlichste Tag, den ich dort verbracht.
Natürlich sah ich jeden Augenblick der Abholung
zur Execution entgegen. Es wurde Nachmittag,
wurde Abend, Niemand kam. Ich konnte mir dies
Räthsel nicht erklären, und meinte nun, die Voll=
streckung des Urtheils sei auf den nächsten Tag ver=
schoben. Auch dieser ging vorüber und mein Freund
Pomezny machte wieder ein heiteres Gesicht. Den=
noch vermochte ich nicht mir Illusionen zu machen;
sie waren unmöglich, wenn ich mit kaltem Blute

die Sachlage überdachte. So vergingen fünf lange
Tage. Am 18. August wurde ich geholt, „zur
Publicirung des Urtheils". Die Stunde war also,
nach meiner Meinung, gekommen! Das Kriegs=
gericht war versammelt; brennende Kerzen standen
neben einem Crucifix. Major Blumenbach und
die übrigen Mitglieder des Kriegsgerichts waren
in voller Gala, der Hauptmann Auditor Herr
Juvanz setzte seinen mit wallenden grünen Federn
geschmückten Dreimaster auf den Kopf, und ich
trat mit verschränkten Armen in die Mitte des
Zimmers. Der Auditor verlas das Urtheil, dahin
lautend, daß ich eingestandenermaßen die Waffen
gegen das kaiserliche Haus geführt, mich damit des
Hochverrathes schuldig gemacht, und dafür meiner
Titel verlustig erklärt und zum Tode durch den
Strang verurtheilt, aber im Gnadenwege zu — 16
Jahren schweren Kerkers begnadigt sei. Ich traute
kaum meinen Ohren! Wie? Man führte mich
n i c h t zum Tode? Was war geschehen, was dieses
Wunder bewirkt hatte? Ich stand vor einem neuen
Räthsel. Der Auditor, ein hochehrenwerther Mann,
der sich mir schon bei den Verhören sichtlich freund=

lich erwiesen hatte, sprach einige artige Worte mit
mir und ich wurde in meine Zelle zurückgeführt.
Jetzt war ich nicht im Zweifel, daß ich auch bald
frei werden würde, denn es war nicht denkbar, daß
bei dem Friedensschlusse nicht eine gegenseitige Am=
nestie ausgesprochen werden sollte. Indessen stand
mir noch eine kleine Ueberraschung bevor. Am
Nachmittage trat der Profoß mit einem Schlosser
bei mir ein, welch Letzterer mir eine schwere Kette
an die Füße schmiedete. Ich ließ dies getrost ge=
schehen, denn es konnte wol nicht auf lange sein!
Ich erfuhr jetzt, daß kurz nach mir zwei andere
Officiere der Legion gefangen worden seien, die
jungen Grafen Tibor und Pista Károlyi, die man
nach Wien geführt hatte.

Die Ketten trug ich länger, als ich gedacht
hatte. Aus den Zeitungen, die man mir jetzt
gestattete zu lesen, ersah ich, daß der Friede am
22. August zu Prag geschlossen und die Amnestie darin
ausgesprochen war. Am 11. September wurden
die in Krakau befindlichen 16 kriegsgefangenen
preußischen Soldaten nach der Heimath befördert,
nicht aber ich. Ein neues Räthsel! Da ging am

16. September meine Thür plötzlich auf, Herr Ju=
vanz las mir ein Telegramm aus Wien vor, wo=
nach ich augenblicklich nach der Grenze zu senden
sei, und der Platzhauptmann legte mir mein noch
übriges Geld und meine Uhr auf den Tisch. Am
nächsten Tage erreichte ich die preußische Grenze.

Ich war einer Menge Gefahren wunderbar
entgangen. Zum Verständniß des Ganzen muß
ich erzählen, was sich anderswo in Bezug auf mich
zugetragen hatte. Klapka hatte durch eine Husaren=
patrouille die Meldung erhalten, daß ich gefangen
sei, und diese Meldung am 9. August nach Berlin
angezeigt. Am 11. ließ Bismarck den Grafen
Cſáky rufen und sagte ihm, er habe nachgedacht,
wie er mich vor einem Racheacte schützen könne.
Wenn er drohe, zehn österreichische Stabsofficiere
als Repressalie für mich erschießen zu lassen, so
nütze dies gar Nichts, denn man wisse in Wien
genau, daß Preußen einer solchen Barbarei nicht
fähig sei. „Nun haben wir aber zehn wegen
gemeiner Verbrechen verhaftete Trautenauer
Bürger in unserer Gewalt; mit diesen liegt der
Fall anders. Oesterreich wird es glauben, wenn

ich mit ihrer Hinrichtung drohe; es kann sich nicht
der Reprobation der ganzen Welt aussetzen, zehn
treue Bürger zu opfern, um an einem Ungarn
Rache zu nehmen. Ich habe heute ein Telegramm
an unsern Gesandten nach Prag gerichtet, worin ich
mein Ehrenwort gebe, die zehn Trautenauer so=
fort erschießen zu lassen, wenn man dem Seherr
Thosz an den Kragen geht, und ich beauftragte den
Gesandten, sich den Empfang dieser meiner Er=
klärung durch die österreichische Regierung schrift=
lich bestätigen zu lassen." Diese Idee war
ingeniös, würdig des großen Geistes, von dem sie
ausging; es ist nur staunenswerth, wie Herr von
Bismarck inmitten seiner schweren politischen Staats=
sorgen die Zeit fand, darauf zu kommen. Durch
das gegebene Ehrenwort ließ Bismarck keinen Zwei=
fel an dem Ernst seiner Drohung, und durch das
Verlangen der schriftlichen Empfangsbestätigung
gab er deutlich seine Absicht kund, Oesterreich even=
tuell an den Pranger der öffentlichen Meinung
Europa's zu stellen. Trotz alledem war es sehr
nahe daran, hing es nur von der Gewissenhaftigkeit
eines Beamten ab, daß ich, und folglich auch die

braven Trautenauer, nicht dem Rachebedürfniß gewisser Persönlichkeiten zum Opfer fiel. Die zehn
ehrenwerthen Bürger, mit ihrem Bürgermeister an
der Spitze, wissen wahrscheinlich heute noch nicht,
wie nahe unsere Schicksale mit einander verknüpft
waren. — Wenn ich richtig informirt bin, und ich
glaube es zu sein, so wurde am nächsten Tage,
12. August, in Wien darüber deliberirt, ob auf
diese Drohung Rücksicht zu nehmen sei oder nicht.
Die Erwägung, daß das von Bismarck gegebene
Ehrenwort keinen Zweifel an der Ausführung der
Drohung lasse und daß im Falle einer Veröffentlichung der Sache der Eindruck in Europa ein
deplorabler sein würde, entschied für die Affirma-
tive. Eine sehr einflußreiche, mir besonders ab-
holde Persönlichkeit vermochte jedoch den Kriegsminister Ritter von Frank, der Vorsehung und dem
officiellen Beschluß in den Arm zu greifen. Factum
ist, daß am 12. August spät Abends ein Telegramm
aus Wien in Krakau anlangte, mit dem Auftrage
mich sofort vor ein Kriegsgericht zu stellen, und
„das Urtheil zu vollziehen“, d. h. soviel, als
den Delinquenten zum Tode zu verurtheilen und

sogleich zu executiren. Das Kriegsgericht trat am 13. früh 8 Uhr zusammen, und es war anzunehmen, daß bis 10 oder 11 Uhr Vormittags Alles vorüber sein würde. Der Wille der Vorsehung war jedoch stärker, als die kleinen Mittel kleiner Menschen. Die Bringung des Urtheils ward durch die Gewissen= haftigkeit des Auditors um einige Stunden ver= zögert. Da bei meiner Gefangennehmung kein Blut geflossen war, konnte ich gesetzlich nicht zum Tode, sondern nur zu Kerkerstrafe verurtheilt wer= den. Der rechtschaffene Juvanz weigerte sich die Todesstrafe zu beantragen. Doch der Befehl aus Wien war zu deutlich, die rechtlichen Bedenken hätten oder hatten weichen müssen. Indessen war in Krakau ein zweites Telegramm eingetroffen mit der Ordre, das kriegsgerichtliche Verfahren zu sus= pendiren. Dieses zweite Telegramm war wahr= scheinlich dazu bestimmt, der Welt die Unschuld der Regierung an meinem Tode, und an dem der Trautenauer zu beweisen. Die Ehrenhaftigkeit des Herrn Juvanz hatte diesen Beweis unnöthig gemacht; nicht nur ich, sondern auch seine zehn böhmischen Landsleute waren durch ihn gerettet.

Seherr Thosz, Erinnerungen. 10

An demselben 13. August und den folgenden
Tagen, verbreitete der Telegraph durch ganz Europa
die Nachricht von meiner Hinrichtung. Der Tele=
graphist in Krakau, welcher das erste Wiener
Telegramm copirt hatte und die Bedeutung der
Formel „das Urtheil zu vollziehen" kannte, er=
zählte nämlich beim Frühstück dem Correspondenten
des Troppauer Blattes „Silesia", daß ich heute
hingerichtet werden würde; der Correspondent hatte
nichts Eiligeres zu thun, als diese Mittheilung sei=
nem Blatte als schon vollbrachte Thatsache zu
melden; so fand die falsche Nachricht Verbrei=
tung. — Meine Nichtauslieferung am 11. Sep=
tember hatte zur Folge gehabt, daß das preußische
Kriegsministerium die Rücksendung der österreichischen
Gefangenen einstellte. Erst nach dieser deutlichen
Mahnung entschloß man sich in Wien, auch meine
Wenigkeit freizugeben.

Ich begab mich über Berlin nach der Schweiz
zu meiner Familie. Man hatte dieser glücklicher
Weise jene Zeitungsblätter verborgen, welche die
Nachricht von meiner Hinrichtung und auch Re=

krologe über mich brachten. Dieser Schrecken
war ihr erspart geblieben.

Im nächsten Frühjahr 1867 kam in Ungarn
das große Werk der Aussöhnung zwischen Krone
und Nation zu Stande, Gesetz und Recht traten
wieder in Kraft. Das Ziel, für das wir Alle
gekämpft und gelitten, es war erreicht! —
Im Monat Juli kehrte ich nach Ungarn zurück,
nicht ohne an der Grenze Oesterreichs, in Salzburg,
auf von Wien aus bereitete Schwierigkeiten zu
stoßen, zu deren Behebung das energische Ein-
schreiten Andrássy's erforderlich war. Bei meinem
Wiedersehn mit diesem that er eine Aeußerung, die
ich hier wiedergebe; sie ist charakteristisch für seine
Person, und für die in Ungarn geltenden An-
schauungen. „Bis jetzt hatte ich Etwas vor Dir
voraus," sagte er, als von meinen Krakauer Erlebnissen die Rede war, „jetzt aber sind wir gleich."
Ich bemerkte, daß mir der Rede dunkler Sinn nicht
verständlich sei, denn er sei erster Minister der
Krone, und ich ein einfacher Privater. „Ach, das
meine ich nicht," replicirte Andrássy. „Man ist
heute Minister und ist es morgen vielleicht nicht;

ich meine," und dabei machte er eine bezeichnende Handbewegung um den Hals, „ich meine das Baandl!" Gewiß! eine Nation, bei der der Patriotismus ihrer Söhne so warm und so allgemein ist, daß selbst bis in die höchsten Classen der Gesellschaft hinauf ein Jeder es für eine „Ehre" erachtet, sich in der Vertheidigung des Vaterlandes ein Todesurtheil zugezogen zu haben, eine solche Nation ist stark, auch wenn sie nicht zahlreich ist.

Ich schließe meine Aufzeichnungen mit der Erzählung einer kurzen Episode, in welcher mir die Ehre zu Theil ward, die ersten Beziehungen zwischen Andrássy und Bismarck einzuleiten, und die Genugthuung, damit ein Friedenswerk zwischen Berlin und Wien-Pest zu fördern. Geschäftliche Angelegenheiten riefen mich in den letzten Tagen des Monat December 1868 nach Berlin. Ueberzeugt davon, daß man in Wien noch immer Mißtrauen gegen mich hege, forderte ich Andrássy auf, dem Grafen Beust Mittheilung von meiner Reise zu machen, damit er, falls es ihm beliebe, meine Schritte in Berlin überwachen lassen könne. Andrássy, immer correct in seiner Denk- und

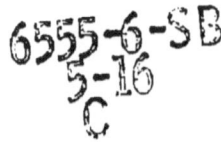

Handlungsweise, wies diese Zumuthung rund ab; er sagte, er kenne mich gut genug, um zu wissen, daß ich einer Jllohalität nicht fähig sei, und dies sei hinreichend; um das Mißtrauen in Wien brauche ich mich nicht zu kümmern. „Du kannst, im Gegen= theil, uns einen Dienst dort erweisen," fuhr er fort. „Der Zeitungskrieg, der zwischen den Deutschen und den österreichisch=ungarischen Blättern schon eine längere Zeit währt, verbittert hier und drüben die Stimmung und kann schließlich schlimme Con= sequenzen herbeiführen. Es wäre wünschenswerth demselben ein Ende zu machen. Zugleich treiben sich, wie Du weißt, eine Anzahl preußischer Agenten im Lande herum, welche zum Unfrieden mit Oester= reich provociren. Wenn ich nach den Gründen dieser preußischen Agitation suche, so kann ich nur vermuthen, daß Preußen die Mainlinie über= schreiten und deshalb die beiden Staaten unserer Monarchie entzweien will, um von dieser Seite keinem Hemmniß zu begegnen. Die im Prager Frieden festgestellte Mainlinie kann uns gleich= giltig sein; sie ist nicht das Werk von Oesterreich, sondern das von Frankreich. Solltest Du in Ber=

lin Gelegenheit haben, maßgebende Persönlichkeiten
zu sprechen — denn mir verbietet meine Stellung
den directen Verkehr mit dem Auslande — so
kannst Du sagen, daß so lange ich auf dem Platze
stehe, wo ich bin, wir Preußen an der Ueber=
schreitung der Mainlinie nicht hindern werden.
Sage aber auch, daß man sich keine unnütze Mühe
geben möge, Ungarn gegen die Dynastie aufzu=
wiegeln; denn für solche Agitation sei kein Platz
mehr in Ungarn. Seit der Krönung des Königs
gibt es kein Dutzend Menschen bei uns, die solchen
Insinuationen Gehör schenken möchten."

Das Geschäft, welches mich nach Berlin geführt
hatte, war in 48 Stunden beendet. Ich begab
mich nun in das Auswärtige Amt, um dem mir
schon von früher her bekannten Herrn von Keudell,
dem Vertrauten von Bismarck, einen Besuch zu
machen. Unter dem Vorwande, dem Grafen Bis=
marck meinen Dank für seine 1866 für mich geübte
Intervention aussprechen zu wollen, bat ich Herrn
von Keudell, mir eine Audienz zu erwirken. Als
er mir erklärte, daß ihm dies wegen der sehr ner=
vösen Stimmung des Kanzlers schwer sei, entledigte

ich mich ihm gegenüber meiner Aufgabe mit der
Bitte, von meinen Mittheilungen den geeigneten
Gebrauch zu machen. Keudell kam aus dem Stau=
nen gar nicht heraus. „Wie ist es möglich," rief
er, „daß die ungarische Regierung so schlecht unter=
richtet ist, daß sie glauben kann, wir hätten diese
Agenten nach Ungarn geschickt! Ich selbst verwalte
die geheimen Fonds und ich gebe Ihnen mein
Wort, daß nicht ein einziger Thaler auf solchen
Zweck verwendet worden ist. Wenn es sich übrigens
um solche Dinge handelt, wird Graf Bismarck Sie
gewiß empfangen." Ich verabschiedete mich mit
der Bemerkung, daß ich drei Tage abwarten werde,
ob der Kanzler mich empfangen wolle.

Am 2. Januar des neuen Jahres 1869 war
ich Abends 8 Uhr ganz reisefertig, als Herr von
Keudell kam, um mich zu Bismarck zu führen.
Der Graf war allein in seinem kleinen Arbeits=
cabinet. „Na, Sie waren nahe daran! es freut
mich, Sie gerettet zu sehen", sprach er zu mir,
hieß mich auf einem Sopha Platz nehmen, rückte
einen Fauteuil davor und begann eine Rede, die
mit wenigen Unterbrechungen anderthalb Stunden

währte. Der Kanzler drückte erst, ebenso wie drei Tage früher Keudell, seine Verwunderung darüber aus, daß man in Pest nicht besser unterrichtet sei, von wem die vermeintliche preußische Agitation ausgehe; dann fuhr er fort: „Sagen Sie dem Grafen Andrássy, daß ich ihm unter Ehrenwort 1000 Ducaten für jeden Agenten zahle, der sich als von mir geschickt erweist. Ich habe nicht nur selbst keine agents provocateurs nach Ungarn geschickt, sondern ich habe sogar der rumänischen Regierung mit der sofortigen Abberufung unseres Gesandten gedroht, wenn nicht binnen vierzehn Tagen die rumänische Agitation in Ungarn aufhöre. Auf Ihren Einwurf, daß die Gegenwart preußischer agents provocateurs in Ungarn eine Thatsache sei, kann ich nur erwidern, daß es für Jedermann leicht ist, einige preußische Individuen zu miethen, ihnen preußische Thaler in die Hand zu drücken und sie für preußische Agenten gelten zu lassen. Ihre Frage, wer diese Agenten sende und besolde, will ich nicht beantworten. Man soll die Kerls einfangen und man wird darauf kommen, wer sie geschickt hat. Preußen hat gar kein Interesse daran,

Zwietracht zwischen Ungarn und Oesterreich zu
stiften. An die Ueberschreitung der Mainlinie denken
wir nicht im Entferntesten. Wir haben alles Inter=
esse daran, daß die österreichisch=ungarische
Monarchie erstarke, in enge Freundschaft zu
uns trete. Die Aufrichtigkeit dieses Wunsches be=
gründet sich eben in der jetzigen Umgestaltung
Oesterreich=Ungarns. Die dualistische Gestaltung
der Monarchie bringt es mit sich, daß wir von
dieser Seite eine Aggression wenig zu fürchten
haben; denn wer immer in Zukunft auf meinem
Platze steht, müßte sehr ungeschickt sein, wenn er
sie nicht abzuwenden wüßte. Dagegen ist Oesterreich=
Ungarn uns als Bundesgenosse von großem
Werthe. Man hat uns in Wien das Jahr 1866
noch nicht vergessen. Das wird sich geben, sobald
man erkannt haben wird, welche Kraft Oesterreich=
Ungarn aus einer innigen Verbindung mit uns
schöpfen kann. Indessen hört Beust nicht auf,
gegen uns zu intriguiren, sowol in Paris, wie bei
den süddeutschen Höfen. (Hier folgten eine Menge
Details über das Wirken Metternich's in Paris.)
Mit Frankreich werden wir Krieg bekommen, da

es uns Sadowa nicht verzeiht, als wäre es eine fran=
zösische Niederlage. Je später es zum Kriege kommt,
desto besser für uns; aber er kommt sicher. Wir
werden siegen, ja wol, wir werden siegen,
denn unsere Soldaten sind ebenso gut wie die fran=
zösischen und unsere Generale sind besser. Eine
längere Periode wird dann eintreten, während
welcher wir gegen Frankreich auf der Hut sein
müssen. Vielleicht wird es noch eines zweiten
Krieges bedürfen, um Frankreich zu beweisen, daß
wir ihm ebenbürtig sind. Sind die Franzosen erst
zu dieser Erkenntniß gekommen, so ist kein Grund
vorhanden, warum nicht Franzosen und Deutsche
gute Nachbarschaft halten sollten. Der wahre Feind
für das civilisirte Europa kann dann Rußland
werden; wenn dieses sein Eisenbahnnetz ausgebaut,
seine Armee reorganisirt hat, kann es mit zwei
Millionen Soldaten marschiren. Dann muß sich
Europa coalisiren, um dieser Macht zu widerstehen."
Nach diesem Blick in die Zukunft, der sich für
einen Theil schon prophetisch erwiesen hat, kam der
Kanzler auf die Ränke zurück, die in Wien gegen
Preußen geschmiedet würden. Ich versicherte ihm,

daß Andrássy seinen ganzen Einfluß aufbieten
werde, um den bezeichneten Intriguen ein Ende zu
machen, fügte aber die Bitte hinzu, der Kanzler
wolle den officiösen Federkrieg einstellen lassen,
welcher der aufrichtigen Annäherung zwischen Oesterreich und Preußen hinderlich sei. Graf Bismarck
erwiderte, daß es nicht die deutschen Zeitungen
wären, die den Streit angefangen hatten. „Gleichviel," entgegnete ich, „Sie sind der Stärkere und in
Wien klingt noch das Gefühl der erlittenen Niederlage nach. Tragen Sie diesem Gefühle Rechnung
und geben Sie einen Beweis Ihrer Aufrichtigkeit,
indem Sie, der Erste, die Hand zum Frieden reichen."
Nach einigem Nachdenken willigte der Kanzler ein;
die „Norddeutsche Allgemeine Zeitung" brachte
wenige Tage darauf die Erklärung, daß sie den
Federkrieg einstelle, neue Provocationen un-
beantwortet lassen werde.

Der Kanzler sprach dann von einigen andern
Dingen, und äußerte auch, daß man ihn oft falsch
beurtheile, ihm bitter Unrecht thue. „Dagegen
schreibt man auch Manches meiner Schlauheit zu",
fuhr er fort, „an dem ich gar kein Verdienst habe.

So hat man auch in der Wahl des Prinzen Karl
von Hohenzollern zum Fürsten von Rumänien,
einen von mir tief durchdachten Plan erkennen
wollen, was durchaus nicht der Fall ist. Der
Prinz kam eines Abends zu mir, theilte mir mit,
daß ihm der Thron von Rumänien angeboten wor=
den sei, und frug mich um meinen Rath. Ich sagte
ihm, daß das ja ein ganz hübsches Avancement
für einen preußischen Lieutenant sei; er möge es
immerhin versuchen, nur möge er nie vergessen,
daß er ein Hohenzoller sei; sähe er, daß er mit
den Rumänen nicht auskommen könne, so solle er
lieber selbst gehen, als sich auszusetzen, daß er ge=
gangen werde. Für seine Abreise ohne Urlaub, für
die wolle ich bei Sr. Majestät gut stehen. Dies
ist mein ganzer Antheil an der Sache."

Ehe ich den Grafen Bismarck verließ, bat ich
ihn nochmals, mir eine Andeutung zu machen,
wer nach seinem Wissen oder Meinung der Ent=
sender jener Aufwiegler sei und wer ein Interesse
daran haben könne, sie als „preußische" Agenten
passiren zu lassen. Der Kanzler zögerte erst, gab
aber dann meinem Andringen nach. Die Lösung

des Räthsels war eine Monstruosität! Das ist Alles, was ich darüber zu sagen vermag.

Ich schließe meine Lebenserinnerungen mit der Bemerkung, daß ich nicht glaube, durch deren Wiedergabe mich schwerer Indiscretion gegen diejenigen Persönlichkeiten schuldig gemacht zu haben, denen ich zeitweilig näher stand. In den hohen Regionen ist das Erzählte längst bekannt; seine Veröffentlichung stört Niemandes archimedische Kreise.

Pierer'sche Hofbuchdruckerei. Stephan Geibel & Co. in Altenburg.